오늘도 간호사 입니다

서울아산병원 간호부

"
누군가의 하루에서
건져올린 이야기
"

누군가는 병실에서 새벽을 맞이하고, 누군가는 깊은 밤 병상 곁을 지킵니다. 삶의 가장 연약한 순간에, 조용히 곁을 지키는 사람들이 있습니다. 바로 간호사입니다.

『오늘도 간호사입니다』는 서울아산병원 간호사들의 하루하루를 담은 이야기입니다. 특별한 무대도, 화려한 조명도 없이 사람을 돌보는 이들의 손끝에서 피어나는 따뜻한 순간들이 담겨 있습니다.

간호는 단지 건강을 회복하도록 돕는 일만이 아닙니다. 아픔을 살피고, 마음을 헤아리며, 환자가 자기 삶을 끝까지 존엄하게 살아갈 수 있도록 돕는 일입니다. 그런 의미에서 간호는 과학이면서도 예술입니다. 사람을 향한 마음, 그 마음을 표현하는 섬세한 기술과 전문성, 그 안에 간호가 있습니다.

이 책을 통해 독자 여러분이 간호사의 세계를 조금 더 가까이 느끼고, 보이지 않는 자리에서 묵묵히 사람을 돌보는 이들의 진심을 함께 나눌 수 있기를 바랍니다.

오늘도, 간호사로 탁월한 전문성과 흔들림 없는 헌신으로 간호와 돌봄의 가치를 실현해가는 모든 간호사 여러분께 진심 어린 응원과 감사를 보냅니다.

2025년 6월
서울아산병원 간호부원장 **김 명 숙**

차례

첫 번째 간호의 본질

세 번째 **간호의 힘**

네 번째 **간호의 시너지**

간호의 본질

박지윤, 이시은 ┃ 내과간호2팀 154 Unit

세상에서 가장 행복한 고백

이브닝 근무로 출근을 하여 응급실에서 입원할 환자 명단을 확인하니 익숙한 환자의 이름이 있었다. 신경과는 질병의 특성상 병의 진행으로 재입원을 하여 다시 만나게 되는 환자들이 있다. 그런 환자를 다시 만나도 보통은 그러려니 하게 되는데, 이상하게 이 환자는 자꾸 신경이 쓰였다. '왜 벌써 다시 오셨지? 상태가 많이 안 좋아지셨나?'

OOO님은 흔히 루게릭병이라고 하는 질병을 앓고 있는 환자이다. 지난번 입원했을 때, 수면 시 환기 능력이 저하되어 마스크로 이중형 양압기(BiPAP)*를 적용했었다.

---

* 이중형 양압기(Bilevel positive airway pressure):흡기 양압과 호기 양압을 기도에 공급하는 양압환기장치

환자의 의식이 명료하니, 밤새 이중형 양압기를 통해 강제로 들어오는 바람 때문에 잠을 이루지 못하고, 알람 소리로 밤근무 하는 나를 내내 불렀던 환자였다. 그래도 어렵게 이중형 양압기에 적응하고 퇴원을 했었는데, 얼마 되지 않아 다시 입원을 하신 것이다. 응급실 기록을 보니, 이제는 깨어 있을 때에도 호흡곤란이 있다고 되어 있었다. 루게릭병이니 당연할 텐데도, 이전보다 안 좋아진 환자를 만날 생각에 마음이 무거웠다.

"OOO님. 또 오셨어요." 안타까운 마음으로 환자를 맞았다. 내가 건넨 인사에 표정으로만 말하며, 마스크 뒤로 가쁜 숨을 내쉬는 환자의 모습을 직접 마주하니 기록으로 볼 때보다 더 마음이 편하지 않았다. 확실히 지난 입원 시보다 환자의 상태가 많이 나빠져 있었다. 식사를 하는 잠시 동안도 이중형 양압기를 제거하면 산소포화도가 낮아져, 하루 종일 적용해야만 했다. 24시간 내내 이중형 양압기를 적용하니, 결국 튜브로 영양을 공급해야 해서 경피적 위루관 삽입술*이 결정되었

다. 환자가 음식을 섭취하지 못해 쇠약해지고 있는 상황이어서, 위루술 시술 전 비위관으로 영양 공급하기로 하였는데, 비위관 삽입을 시도하자 환자가 너무 힘들어했다. 그리고 산소포화도 또한 낮아지기 시작했다. 결국 비위관은 삽입하지 못한 채 이중형 양압기를 적용했고 환자는 안정을 찾았다.

"나 아무래도 목관(기관절개관) 먼저하고 뱃줄(위루관)을 해야겠어." 응급실에서부터 심폐소생술 거절까지 작성했을 정도로 누구보다 강력하게 기관절개관을 거부하던 환자였는데, 비위관을 삽입하는 과정에서 숨이 막히는 경험이 무서웠던 것인지 먼저 우리를 찾아 기관절개술을 하겠다고 하였다.

수술을 준비하던 중 환자는 기관절개관에 대해 의료진에게 여러 질문을 하며 수술 후 자신의 모습을 걱정했다. 루게릭병 환자에게 기관절개술은 질병의 진행 중 맞이하는 일반적인 수순이라 우리에게는 익숙한 수술이다. 하지만 이 환자의 수술을 준비하는 것은 처음 하는 간호인 것처럼 신경이 많이 쓰였다. 점점 무너지고 있는 듯한 환자와 보호자에게 무엇이든 도움이 되는 것을 찾고 싶었다. 환자의 수술 날짜가 이틀 후로 잡혔다. 환자가 이틀 후면 완전히 다른 삶을 살게 될 것이라는 사실을 우리는 알고 있었다. 그 전에 환자에게 가장 필요한 것이 무엇일까? 우리가 무엇을 해줄 수 있을까? '아, 목소리!' 불현듯 마스크 너머로 언제나 당당하게 본인의 의사를 표현하는 환자가 떠오르며 목소리를 남겨 주어야겠다는 생각이 들었다. 수술 당일 아침 나이트 근무를 마치고 환자의 보호자를 찾아가 "보호자님, 환자가 기관절개술을 하게 되면 목소리를 듣기 어려우실 거예요. 그러니 수술 가기 전에 녹음을 해 두시면 좋을 것 같아요. 저희 간호사들이 도와드릴게요."라고 조심스럽게 말했다. 보호자는 생각지 못한 제안에 고민하는 듯한 모습을 보이며 나중에 필요하면 이야기하겠다고 하였다.

"내가 나이가 많아 기계를 잘 몰라서 그런데, 목소리 녹음 좀 해줄 수 있어요?" 기관절개술을 위해 수술실로 내려가기 직전, 환자의 보호자가 간호사실로 나와 우리에게 녹음을 부탁했다. 우리는 바로 병실로 달려가, 이송 직원에게 이송 지연에 대해 양해를 구하고 보호자의 휴대폰을 건네받아 녹음 버튼을 누르고 "자 이제 하고 싶은 말씀을 해보세요."라고 했다. 환자는 잠시 생각하는 듯하더니 이내 떨리는 목소리로 "여보, 고마워, 미안해, 그리고 사랑해."라며 보호자의 손을 잡았다. 수술에 대한 두려움, 앞으로 목소리를 낼 수 없다는 것을 인지한 슬픔, 그리고 아픈 지금까지도 변함없이 옆에서 지켜주는 보호자에 대한 감사와 사랑이 오롯이 느껴지는 목소리였다. 환자는 마지막 목소리를 남긴 후 홀가분한 얼굴로 수술실로 이동하였다. 그의 보호자는 "간호사님들 덕분에 세상에서 가장 행복한 고백을 들었어요."라며 미소 띤 얼굴로 환자와 함께 수술장으로 이동하였다.

환자를 보내고 난 빈 방에서 한참을 서서 울었다. 감사의 눈물이었고 응원의 눈물이었다. 간호사라서, 환자의 삶의 중요한 한 순간에 함께 할 수 있어 감사했다. 치료가 없는 병이지만, 저 노부부의 남은 삶이 조금은 평안하기를, 그리고 지금 잡은 저 손으로 어려움을 잘 넘어가기를 진심으로 응원했다. 매일 하는 우리의 간호가 표가 나는 일이 아닌 것 같아 가끔 서운하지만, 이제는 우리가 하는 간호가 사람을 돌보아 결국은 환자 스스로 건강한 삶으로 나아가게 한다는 것을 안다. 질병이라는 상황을 맞게 된 환자와 그의 가족들을 어루만지고 돌보는 일은 간호사에게만 주어진 귀한 기회이다.

"넘어지니까 보호자와 함께 다니세요.", "엉덩이 번쩍 들어보세요, 잘하셨어요." 병동 곳곳에서 우리가 환자를 돌보는 소리가 넘친다. 돌봄의 어느 순간 또다시 행복한 고백을 남겨야 하는 환자를 만나게 되면, 우리는 씩씩하게 이야기할 것이다. "저희가 도와드릴게요."라고 말이다.

정신병동에도 산타가 와요

최근 '정신병동에도 아침이 와요'라는 넷플릭스 드라마가 성행했다. 드라마는 불면증, 강박증, 양극성장애, 조현병, 우울증, 공황장애 등 일상을 살아가는 많은 사람이 겪고 있는 정신병을 다루고 있다. 드라마 속 주요 배경이 되는 정신병동과 같은 곳이 바로 우리 병원의 정신건강의학과 안정병동이다. 실제 정신건강의학과 병동에서 일어나는 사건, 사고는 사실 드라마보다 더 다이나믹하다. 2개의 커다란 철문을 통과하면 실로 드라마 같은 장면이 연출된다. 환의와 속옷을 다 벗고 뛰어다니는 환자, 다 같이 죽자며 직원들에게 폭력적인 모습을 보이는 환자, 정부로부터 조종과 감시를 당하고 있다고 표현하며 병동 내 CCTV를 가리려는 환자, 눈을 부릅뜬 상태로 허공을 바라보며 중얼거리는 환자, 여러 차례 자살 시도를 하거나 상상 이상의 방법으로 자해하는 환자, 한쪽 귀에서는 하나님의 음성이 또 다른 귀에서는 부처님의 음성이 들린다고 표현하며 그 사이에서 갈등하는 환자, 편을 가르고 치료 환경을 조종하며 의료진들 사이를 이간질하는 환자 등 이 모든 환자를 안전하게 보호하고 간호하며 치료해야 하는 곳이 바로 정신건강의학과 안정병동이다.

이런 정신건강의학과 안정병동에도 크리스마스가 찾아왔다. 지금 기억에 남는 환자는 장교 출신으로 현재 육군에서 군 복무 중인 소령이다. 최근 진급 심사를 앞두고 여러 스트레스 상황에서 수면을 줄여가며 몰두한 결과 단기 정신증적 장애를 진단받고 입원했다. 크리스마스 이브, 면담할 때 환자는 "내가 왜 여기에 있는지 모르겠지만, 집에 있는 3명의 딸이 보고 싶다. 내일은 크리스마스인데 난 아무것도 못 해주고 있다. 선물을 줘야하는데, 어떻게 전달해야 할지 모르겠다. 속상하다."라고 말하며 눈시울을 붉혔다. 순간 어쩌면 삭막하다고 느껴지는 이곳에 산타할아버지가 나타나면 어떨까 하는 생각을 하였고, 나와 같은 생각을 가진 병동 내 치료프로그램 간호사 선생님과 특별한 이벤트를 계획하였다. 환자들의 치료를 돕는 치료프로그램 간호사는 크리스마스 당일 실제로 산타복을 입고 출근을 했으며, 캐럴과 함께 정신건강의학과 병동 내에서는 맛보지 못할 맛있는 음식들을 준비하였다. 환자들은 환호했고, 평소 의료진에게 비협조적이고 폭력적이었던 환자들도 얼굴에서 웃음이 떠나질 않았다. 정말 드라마 같은 장면이 연출되었다. 원하지 않는 입원으로 화가 나고 속상한 환자들을 위해, 그리고 가족과 사랑하는 사람과 함께 크리스마스를 보내고 싶었지만, 그럴 수 없었던 많은 환자를 위해 노력해 준 치료프로그램 간호사는 정말 산타클로스였다. 우리 병동은 타 병동에서 3년 이상 근무한 베테랑급으로 구성된 14명의 간호사와 든든한 5명의 조무원 그리고 누구보다 환자 안전에 진심이신 수간호사가 똘똘 뭉쳐 환자들의 자·타해 예방과 안전을 위해 힘쓰고 있다. 우리 정신건강의학과 병동에도 산타가 찾아왔고, 서로를 존중하며 함께 빛나고 있는 우리 부서원들과 함께 2023년을 따뜻하게 마무리할 수 있어 참 다행이고 감사하다.

첫 번째

그 날

휴무인 간호사가 "수간호사님, 내일 근무 후에 면담 가능할까요?"라고 연락이 왔다. 이런 연락은 대부분 사직을 위한 면담 요청이다. 태연한 척, 아무것도 모르는 척 "무슨 일 있어요?"라고 답장을 보냈다. 내 문자를 읽고도 한참 동안 답이 없던 간호사가 장문의 답장을 보냈다. 4년 차가 되었는데도 간호사가 무슨 일을 하는 사람인지 모르겠다고, 매일 똑같은 일의 반복이라서 성취감이 없고, 아무도 우리의 고생을 알아주지 않는 것 같아서 인정받는 일을 하고 싶다고, 의미가 없다고, 그래서 떠나고 싶다고.. 답답했던지 내일 면담을 하자고 하고서는, 문자로 하고 싶은 말을 다 쏟아내었다. 그리고 마지막에 "수간호사님은 왜 계속 간호사를 하세요?"라고 물었다.

　4년 차가 시작되던 2007년 1월, 나도 사직을 결심했었다. 나도 의미가 없어서 그랬다. 교대근무하는 엄마 역할이 너무 고되어서 그랬다. 아픈 사람들을 달래고, 들어주는 게 너무 지쳐서 그랬다. 가정이 있으니 마음대로 덜컥 사직은 할 수 없어, 1년 정도 사직 준비를 할 생각으로 수간호사님께 부탁하여 다른 병동 지원을 가기로 하였다. 지원을 나가면 나이트 근무가 없으니 몸도 훨씬 편할 것이고, 병동에서 중간 리더로서 해야 하는 일의 부담도 줄일 수 있다는 선배들의 말을 들은 것이다.

　그 해에 나는 9개월간 다른 병동 지원을 했는데, 그 중 6개월을 신경과 병동에서 보냈다. 신경과 병동의 환자들을 간호하는 것도 우리 병동만큼 쉽지 않았다. 6개월간 3번 만난 그 파킨슨 질환의 환자가 특히 더 어려웠다. 솔직히 말하자면 그 환자가 입원하실 때마다 내가 담당간호사가 아니길 바랬다. 환자는 그렇다 치고, 보호자로 온 할머니께서 고집불통에, 간호사가 하자는 것은 다 반대로 하는 보호자였다. 금식을 설명해도 "노인네 굶겨 죽이려고 그래!"라고 호통을 치시며 숟가락으로 본인의 죽을 먹이기도 하셨고, 기저귀 값이 많이 나간다고 기저귀도 못 갈게 하셨다. 세 번째 입원 시에도 여지없이 내가 담당한 팀으로 입원을 오셨다. 지원 간호사이니 다른 팀을 볼 확률도 없어, 꼼짝없이 해당 환자와 보호자를 담당해야 했다. '올해는 외래 진료를 보러 못 오시고, 내내 응급실 통해서만 입원 하시네.. 구급차를 부르면 구급차가 집까지 오는 데한 시간이 넘게 걸리는 시골이라고 하셨는데.. 잘 좀 돌보시지..'

지난번 퇴원하고 두어 달 지났을 뿐인데, 또 다시 폐렴으로 입원한 환자는 많이 야위어 있었다. "보호자님, 이번에도 보호자로 오신 거예요? 아들은요?"라고 톡 쏘며 묻는 나에게 보호자는 "그게 어른한테 하는 인사냐? 어째 오기만 하면 이 키만 멀대 같이 큰 간호사가 담당이야!"라며 호통을 치셨다. 아들, 며느리 다 있다고 적혀 있던데, 도대체 왜 할머니만 보호자로 와 계시는지.. 이번 입원 기간에도 속 좀 많이 썩겠다 싶었다.

어느 날 이브닝 근무로 출근했는데, 보호자가 조용했다. 기저귀를 교환하는데도 아무 말씀이 없으시고 누워만 계셨다. 보호자를 살피니 몸살이 난 것 같다고 하셨다.

아들과 교대를 하거나 간병인을 쓰시라고 말씀드렸지만 "아들한테 연락하지 말아. 우리 아들 고생하는데, 이번에 또 영감 입원해서 신경 많이 썼는데, 나까지 아프다고 하면 우리 아들 힘들어. 약 먹었으니까 나아지겠지."라며 타이레놀 통을 흔들어 보여주셨다. 담요를 한 장 더 갖다 드리며 "저녁에 제가 환자분 잘 볼 테니까, 좀 주무세요."라고 말씀드렸다. 다음 날 만난 보호자는 조금 나아 보였다. "보호자님, 환자분 구급차 타고 병원 안 오시게 하는 비법 알려드려요? 아들 차 타고 진료 보러 와야 아들도 좋아할 거잖아요."라고 말해버렸다. 간호사를 힘들게 하는 보호자였는데, 앓고 있는 노인에 대한 연민이었는지 불쑥 그렇게 말해버리고 말았다. 그때부터 환자가 퇴원하시는 날까지 보호자에게 특훈이 시작되었다. "끌지 말고, 이 시트를 당기시라고요. 집에서도 요 위에 이불을 하나 더 깔고, 이불을 당겨야 환자를 돌려 눕힐 수 있어요. 그래야 보호자님 허리도 안 다쳐요.", "환자 먹일 때는 바짝 앉혀야 해요.", "등 뒤에 베개를 많이 쌓아서 앉혀서 먹여야 해요. 숟가락에 반만 떠서 먹이세요.", "식사는 아기 이유식 하듯이 다 갈아야 해요.", "약은 정해진 시간에 먹여야 해요. 파킨슨 약은 꼭 시간 맞춰 먹이세요." 등등.. 나의 잔소리에 어쩔 때는 투정으로, 어쩔 때는 호통으로 응답하셨지만, 폐렴 치료를 하는 열흘 남짓 시간 동안 보호자는 환자의 체위 변경이나, 식사 보조에 익숙해지고 있었다. 그리고 또 '병원가면 돈 든다'며 전원은 거부하시고 집으로 퇴원을 하셨다. 퇴원하는 그날까지 짐을 챙겨달라, 옷을 갈아입혀 달라, 휠체어를 끌어 달라 등 온갖 심부름을 시키시고 퇴원을 하셨다.

그 해가 가기 전에 사직을 하는 것이 이 무의미한 노동에서 벗어나는 방법이라고 생각했다. 그렇게 2007년이 끝나갈 즈음, 그 보호자가 16층으로 찾아오셨다.

"아니, 이 늙은이가 키 큰 간호사 찾아서 온 병원을 돌아다녀야 되겠어! 왜 15층에 안 있고 여기 와 있어?" 보호자는 보자마자 다른 사람들 시선은 아랑곳없이 다짜고짜 호통부터 치셨다. "보호자님, 환자분 또 입원하셨어요?"라고 묻자, "아니, 오늘은 아들 차 타고 진료 보러 왔어. 키 큰 간호사가 알려준 대로 했더니 구급차 안 불렀어."라며 검정색 봉지 하나를 내미셨다. "선물이여. 한창 예쁠 땐데, 예쁘게 하고 다녀."라고 말씀하시며 건넨 봉지 안에는 장날에 사셨다는 은색의 스팽글 자수가 잔뜩 놓인

티셔츠 하나가 들어있었다. 은색 티셔츠를 들고 멍하니 멀어지는 보호자를 보고 있었다. 환자가 회복하시고, 올해가 가기 전 드디어 아들 차를 타고 외래 진료를 보러 올 수 있게 된 것이 내 덕이라니.. 저 노부부와 부모를 걱정하는 아들 내외에게 내가 하는 간호가 도움이 되었다니.. 간호사가 하는 일이 이렇게 다른 사람의 삶에 기여할 수 있는 것이란 말인가.. 뭔가 모를 벅참과 뿌듯함에 가슴이 뻐근하였다. 그날, 그 보호자를 다시 만난 그날, 그 순간, 나는 간호사가 되기로 결심하였다. 환자들의 불평 불만도, 가끔은 업무의 구분이 모호해 떠맡게 되는 일들도 더이상 내게는 이 일을 그만해야 할 이유가 되지 않았다. 모두가 자는 밤에 신속하게 기저귀를 교환한 덕분에 환자와 보호자가 그날 밤 편안했다면 그만이었다. 나의 활기찬 인사에 치료를 이어갈 힘을 얻었다면 그만이었다. 그날부터 난 진짜 간호사가 되었다.

나는 간호사에게 자판을 꾹꾹 눌러 답장을 하였다. "내일 근무 후 면담합시다. 내가 간호사가 되기로 결심한 '그날'을 들려 줄게요. 그리고 선생님의 '그날'도 함께 찾아봅시다."라고 말이다.

우리를 변하게 한 긍정 경험

만성질환으로 입퇴원을 반복하며 기본 간호와 자가 간호를 통해 일상의 삶을 유지할 수 있도록 돕는 것이 중요한 내과계 환자들과 달리, 외과계 환자들은 수술 후 회복을 하여 일상으로의 빠른 복귀를 도와야 하기 때문에 입원기간 집중해야 할 간호는 차이가 있음을 깨닫게 된 날, 전임 수간호사로부터 한 환자에 대해 인수인계를 받았다.

전립선암으로 수술한 81세 환자는 중환자실 치료 이후 재원 기간이 길어지고 있었고, 더이상 병원 치료가 불필요함에도 병원 측의 과실이라며 퇴원을 거부하고 있었다. 보호자는 배우자로 코로나19와 가족 사정으로 인해 교대없이 지속 상주 중이었다. 환자는 "멀쩡하게 걸어 들어

와서 수술하고 며칠이면 퇴원시킨다고 해놓고 이 상태가 말이 되느냐? 걸어서 나가야지 이대로는 절대 퇴원 못한 다.”라며 완강한 입장을 고수하였다.

또한, 환자 상태 변화나 면담 요청 등 이벤트가 모두 저녁시간 혹은 주말 위주로 그동안 발생하고 있었으며 담당 전공의도, 간호사들도 대하기 매우 까다로운 환자로 어려움을 호소하였다.

나는 먼저 새로 온 수간호사로 환자나 보호자와 라포(rapport)*를 형성하는 것이 가장 중요하다고 생각하였다. 그동안 침상에 누워있으면서 하지 근육이 감소하여 쇠약이 심해 걷지 못하고, 식사 시 숟가락질도 보호자가 도와주고 있었음을 관찰하며 환자, 보호자의 사소한 이야기에도 공감해주고 격려하였다. 또한 매일 정규로 이루어지는 간단한 혈액 검사나 흉부 X선 검사라도 모바일 앱을 통해 설명하며 이해하도록 도왔다. 보호자가 고령이라 더욱 신경쓰며 상주하는 동안 어려운 점에 대해 공감해주고

---

* 라포(rapport): 상호신뢰관계를 의미하는 것으로 두 사람 사이에 감정교류를 통한 공감이 형성되어 있는 상태

불편함이 없는지 살펴주었다. 환자, 보호자 모두 웃는 일은 거의 없었고, 두 부부가 서로 다투기도 하며 "이래가지고 어떻게 집에 가냐. 언제 걸을 수 있겠냐?"라며 매일 푸념이 이어졌다. 간호사들에게도 불만만 이야기하는 상태에서 점점 라포를 형성해가던 즈음, 한 달가량 지나 "이제 오셨냐? 기다렸다."고 말하며 환자가 웃어 보이며 반기는 등 변화가 생기기 시작하였다. 나는 타이밍을 놓치지 않고 환자에게 재활의 중요성에 대하여 반복 설명하기 시작하였고, 할 수 있다는 의지를 북돋아 주기 위해 지속적으로 격려하고 시도해보자고 설득하였다. 재활 프로그램은 1일 1회 30분이었으며, 본인의 컨디션에 따라 수행하지 못하기도 하고, 주말에는 불가한 점 등 한계가 있어 스스로 침상에서 먼저 운동을 함께 시작해 볼 수 있도록 하여 세라밴드를 제공하고 간단하게 침상에서 따라할 수 있도록 교육하였다. 팔에 힘이 생겨 숟가락질을 혼자 할 수 있게 되었을 때에는 식사 시간에 함께하며 격려하였고, 이후 하지 근육강화를 위해 원내 동영상 자료들을 제공하여 설명해주고 직접 시범 보이며 하루에 3-4회 반복할 것을 제안하였다. 3월부터는 개인 운동시간표를 직접 만들어 제공하며 일주일마다 직접 침상 앞에 부착해주고 시행할 수 있도록 하였고, 팀 간호사들도 함께 운동을 격려하였다. 주말이나 연휴에는 목표를 주고 운동시간표에 직접 기재하도록 하며 시행률 100%인 경우 칭찬을 아끼지 않았고, 전공의와 주치의도 환자에게 긍정적인 피드백을 할 수 있도록 회진 시 의사소통하였다. 이후 침상에서 일어서기, 보행 보조기 이용하여 걷기 등을 부서원과 함께 진행하였고, 병동 복도에 나와 운동을 할 때에는 모든 간호사들이 관심 가지고 웃어 보이며 격려하였다. 환자와 보호자는 "밥맛도 더 좋아진 것 같네. 하니까 되네."라는 긍정 반응을 보이며 성취감을 느끼고 할 수 있다는 자신감도 상승하였다. 그사이 의료진에게 적대적이었던 태도는 긍정적으로 변화하였고, 간호사들 또한 본인들이 직접 간호하며 긍정 경험을 하게 되면서 환자 보호자에 대한 부정적인 인식도 변화하게 되었다.

이후 환자는 퇴원 진행에 동의하며 재원 209일째 집으로 퇴원하였다.

　　환자의 입장에서 배려하고 공감하며 진료과와 협업하여 환자가 집으로 퇴원하고 난 이후 팀 간호사들과 함께 본인의 간호 경험을 나누어보고 간호의 본질과 '업'에 대해 직접 정의를 내려볼 수 있었던 귀중한 시간이었다. 부서 내에서는 즐겁게 간호하면서 환자나 진료과로부터 신뢰받으며 전문 간호를 수행하는 모습, 참으로 감사한 환자 경험이었고 앞으로도 창의적으로 환자가 안전하게 간호받을 수 있도록 아산 간호인으로서 더욱 정진하겠다.

평범한 말의 힘

겨울의 찬 기운과 봄의 따뜻한 기운이 만나는 3월, 나는 OOO님을 처음 만났다.

환자는 화재사고로 인해 외상 후 스트레스 질환을 겪고 있었다. 그녀는 화재로 인한 대피 중 다리를 다친 이후로 오래 걷거나 서있는 것이 힘들어지며 직장에서 일하는 것도 힘들어졌다. 다리로 인한 불편감으로 우울해지고, 본인이 원하는 것을 예전처럼 할 수 없다는 생각에 자주 분노가 차올라 본원 정신건강의학과에 입원하게 되었다. 나는 그녀를 다른 곳에 집중시키고 환기시키고자 프로그램 참여를 격려하고, 작업요법에서 만든 작품에 대해 칭찬해주며 라포를 쌓았다. 팀 간호사들도 그녀의 관심을 다른 곳으로 돌리기 위해 긍정적으로 피드백하며 그녀를 격려하였다.

　"화재 사고 이후에 아무도 안 만나고 집에만 있었어요. 처음 입원해서도 병실에만 있고 아무하고도 얘기하지 않았는데. 선생님이 저를 프로그램에 데려가고, 또 프로그램에 들어가서 다른 환자들과 친해지게 되어 너무 고마워요." 어느 날 그녀는 프로그램 마지막에 남아 쑥스러운 얼굴로 나에게 고마운 마음을 표현하기도 했다.

　하지만 그녀는 프로그램 이외의 시간에는 종종 떠오르는 사고 당시에 대한 기억과 그로 인한 악몽 등으로 불안해하며 안정제를 요구하고, 약으로 마음의 안정을 찾고자 했다. 어느 날, 30분마다 위치를 확인하는데 환자가 자리에 보이지 않았고, CCTV를 확인하며 환자의 동선을 확인한 후에 동관 앞 정원에 홀로 앉아있는 환자를 찾을 수 있었다. 환자는 나를 발견하자 자리에서 일어나 고개를 푹 숙인 채 빠르게 걷기 시작했고, 보안관리팀과 담당의와 함께 설득했지만, 눈도 마주치지 않은 채 본인을 그냥 놔두라고만 소리쳤다. 그러다 갑자기 내 주머니 속에 있던 가위를 뺏어 들어 본인 목에 대고 위협하기 시작했다.

"가까이 오지마, 난 너희들이랑 할 말이 없어! 내가 정신과 환자라 자살할까봐 그러지? 나도 혼자 있고 싶어!"

그녀는 맨 바닥에 주저앉아 오열하기 시작했다. 가까스로 가위를 돌려받은 뒤 우리는 환자를 계속 설득했고, 30분 넘는 실랑이 끝에 환자를 다시 병실로 데리고 올 수 있었다. 진료과에서는 환자에게 안정병동으로의 전동을 설득했으나 환자는 안정병동에서 입원은 극구 거부하며 치료를 거부하고 퇴원하였다. 갑작스럽게 그녀가 퇴원한 뒤, 주말 동안 병동에 전화가 여러 차례 왔다. 본인이 누구인지 밝히지 않고 나를 찾으며, 내가 없다 답하면 전화를 이내 끊어버리는 전화였다. 병동 간호사들은 반복되던 전화에 그녀의 전화임을 알게 되었다.

나는 수화기를 들어 그녀에게 전화했다.
"OOO님, 방민희 간호사예요. 주말 동안 병동에 연락을 하신 것 같아 걱정돼서 연락드렸어요. 잘 지내고 계세요?"

한참 후에 그녀는

".. 민희 선생님... 그 때 정말 죄송했어요..."

그녀는 힘겹게 입을 열었다. 나는 그렇게 자의 퇴원한 그녀가 외래도 안 오고 증상 조절도 안된 채 치료를 중단할까 걱정되었다.

"OOO님, 전 괜찮아요. 오늘 외래일인 것 아시죠? 힘들어도 꼭 외래 오셔서 진료 받으셔야 해요."

그녀는 그렇게 아무 말 없이 전화를 끊었다.

그 후, 나는 그녀를 병동에서 곧 볼 수 있었다.

그녀는 이전처럼 프로그램 후 마지막으로 남아 자신의 마음을 전했다.

"선생님.. 저 사실 지난 번에 그렇게 퇴원하고 죽고 싶었어요. 그래도 죽기 전에는 선생님에게 사과를 하고 싶어서 병동에 계속 전화를 했었어요. 그런데 선생님이랑 통화할 수가 없었어요. 선생님이 어떻게 알고 저한테 전화해주셨잖아요. 죄송하다고 힘들게 말했는데 선생님이 '오늘 외래니 꼭 오세요'라고 하신 말에 제 마음이 바뀌었어요. 저 사실 외래도 올 생각 없었거든요. 그렇게 마음이 바뀌

고 외래 와서 교수님한테 치료받고 싶다고, 살게 해달라고
빌었어요. 감사해요. 선생님.”

누군가에는 아무렇지 않은 평범한 외래 안내가 누군
가에게는 자신의 삶의 의지에 불을 붙이게 하는 응원의 말
이 되었다는 점이 많은 생각을 하게 했다. 용기를 북돋워
주는 말, 격려의 말, 이해와 공감을 표현하는 말이 아닌 평
범한 말이 누군가에게 용기와 희망을 주는 말이 될 수 있
는 점은 우리 간호사가 갖는 말의 힘이 아닐까 싶다. 우리
와 환자가 쌓는 라포와 신뢰, 정성 어린 간호가 짧고 평범
한 말에서도 온전히 느껴지지 않을까.

오늘도 환자와 나눈 평범한 이야기 속에서도 나는
간호의 의미를 찾아본다.

고맙습니다. 제주도 과자 선생님

기분을 알 수 없는 무표정, 힘없이 마른 얼굴, 몇 번을 압축한 듯 보이는 두꺼운 안경, 항상 멍하니 창밖을 응시한 채 질문을 하면 "네, 아니요"로만 대답하는 건조하고 활력 없는 반응.

부정맥 유발성 우심실 심근병증으로 3개월 넘게 입원해 있으면서 심장이식을 기다리고 있는 환자의 첫인상이었다.

내가 병원에서 환자를 간호하면서 처음 맡게 된 심장이식 대기 환자였다.

혈액검사, 흉부 X선 검사 등 다른 환자들이 대부분 매일 하는 검사들도 2주에 한 번만 하고, 투약이나 처치에도 큰 변화가 없는 환자. 중심정맥관으로 들어가는 강심제 교환만 신경 써 주면 되는 환자. 그래서 저연차 간호사들이 그저 손이 적게 가는 쉬운 환자로만 여기지만, 언제 응급상황이 닥칠지 모르고 간부전, 신부전까지 빠르게 진행될 수 있는 심장 기능이 25%도 채 안 되는 시한폭탄 같은 심장을 가진 환자. 심장이식 수술은 다른 장기와는 다르게 뇌사자가 발생해야 가능한 수술로 안타깝게도 누군가의 생명이 다해야지만 받을 수 있는 수술이다. 이 환자에게 나는 어떤 간호를 해야 할까 생각했다. 그 힘들고 긴 기다림 속 시간의 무게에 엄두가 나질 않았다. 대답이나 반응이 짧고 어두운 환자였지만 일상적인 날씨 얘기부터 직원식당 점심 메뉴까지 나는 환자 앞에서 수다쟁이가 되기로 마음먹었다. 처음에는 이렇다 할 반응이 없었던 환자는 어느덧 조금씩 본인의 얘기를 하기 시작했다. "엄마가 아파서 잘 챙겨주지 못했는데 딸이 어른스럽다.", "간호사님도 아직 젊으니 둘째는 딸을 낳았으면 좋겠다.", "나는 큰 머리핀이 머리를 더 잘 잡아줘서 편하더라.", "코로나 19는 도대체 언제 끝나는지 모르겠다." 등 이런저런 대화들을 이어가며 시간을 보냈다. 어느새 우리는 친해졌고 환자가 심장이식 수술을 기다린 지 5개월이 넘어가고 있었다.

봄기운이 만연한 따뜻한 4월 초에 가족들과 제주도로 잠깐의 휴식을 만끽하고 왔다. 나는 기념품 가게에 들러 함께 일하는 동료들에게도 나눠 줄 간식거리를 조금 사왔다. 내가 고른 것은 우도 땅콩과 제주 녹차가 듬뿍 들어있다는 손바닥만한 과자였다. 꿀맛 같았던 제주도에서의 휴가를 보내고 출근한 첫날 아침이었다. 교대 순회할 때 "오랜만이에요."라고 반갑게 환자가 먼저 나에게 안부를 물었고, 나는 "가족들과 제주도로 휴가를 다녀왔어요. 이제 날씨가 정말 따뜻해졌어요."라고 웃으며 말했다. 첫 간호순회가 끝난 뒤, 나는 먼저 밝은 얼굴로 인사를 해주었던 환자가 생각나서 땅콩 맛 하나, 녹차 맛 하나 이렇게 과자 두 개를 챙겨 병실로 들어가 환자에게 건넸다. "제주도에서 그냥 오기 아쉬워서 이것저것 골라봤는데 맛있는 것 같아요. 이거 맛 좀 보세요." 과자 두 개를 건넨 내가 민망할 정도의 반응에 나는 놀라지 않을 수 없었다. 환자는 생각보다 너무 기뻐했고, 아주 소중한 보물을 건네받은 사람처럼 놀라고 행복해했다. "정말 고마워요 간호사 선생님. 나는 병실에만 있어야 하는 신세라 제주도 여행은 꿈도 못 꾸는데.. 제주도에서 온 과자를 받으니까 나도 꼭 여행을 다녀온 것 같은 기분이 드네요..", "간호사님 덕에 잠시나마 제주도를 느낄 수 있었네요.” 환자는 고마움과 감동이 섞인 떨리는 목소리로 말했다. 잠시 후 얼굴을 돌리며 애써 눈물을 훔치는 모습이 보였다. 별생각 없이 내가 건넨 제주도 과자 두 개에 감동하고 눈물을 보인 환자의 모습에 괜스레 마음 한구석이 뭉클했다. ‘빨리 회복 되어 제주도 꼭 직접 가시게 되면 좋겠어요’라는 말이 떠올랐지만, 그 마저도 조심스러워서 그저 옆에서 진정이 될 때까지 어깨를 감싸드렸다.

이후 나는 환자에게 ‘제주도 과자 선생님’이 되었다. 이유를 모르는 사람이 들으면 조금 웃긴 호칭이었지만 답답한 병실에서 시간을 보내는 환자의 얼굴에 미소를 짓게 만드는 ‘제주도 과자 선생님’이란 부름이 나는 싫지 않았다. 그렇게 내가 건넨 제주도 과자는 환자에게 따뜻한 하나의 이벤트가 되어 있었다. 심장이식 대기 기간이 6개월이 넘어갈 무렵 환자의 상태가 눈에 띄게 나빠지기 시작했다. 환자는 중환자실로 옮겨져서 심정지 상황까지 맞이했고. 며칠 뒤 간절하게 원했던 심장이식을 받지 못한 채 그렇게 세상과 영원히 작별인사를 했다. 환자의 소식에 나도 모르게 눈물이 났다. 가슴 깊숙이 아려왔다. 심장이식을 위해 오랜 병원 생활도 꿋꿋하게 버티던 환자, 제주도 과자 하나에 감동받아 소녀처럼 환한 얼굴로 연신 고마워하던 환자의 모습이 생생하게 떠올랐다. 감사한 마음이 공존한 슬픔과 안타까움에서 나는 한동안 헤어날 수 없었다.

"어떤 날은 몸이 너무 아프고 가족들에게 짐이 되고 있다는 생각에 삶을 포기하고 싶다가도 또 어떤 날은 미친 듯이 살고 싶어요." 점점 망가져 가는 심장을 다시 좋아지게 할 수도, 건강한 심장을 어디서 구할 수도 없는 상황에서 막연하게 버티고 있는 그들의 마음을 내가 과연 얼마나 공감하고 위로하며 간호했을까? 간호사로서 심장이식 대기 환자들의 고된 여정을 전부 공감할 순 없지만, 환자는 최소한 혼자가 아니라는 희망과 용기를 줄 수 있는 간호를 더 필요로 하지 않았을까 답을 내어본다. 심장이식 대기 환자는 더이상 손(手)이 덜 가는 환자가 아닌 심(心)을 더 챙겨야 하는 환자로, '제주도 과자 선생님'처럼 기쁘고 소중한 순간을 새겨 넣고 희망의 불씨를 이어갈 수 있도록 간호하기로 스스로에게 다짐해본다.

나는 간호사다

나는 간호사라는 직업을 너무도 좋아하는 사람이다. 그러나 처음부터 간호사를 원했던 것은 아니었다. 어머니의 권유로 간호사가 되었지만 지금은 내가 살면서 한 선택 중에 가장 잘한 일이라고 그때의 나를 칭찬해준다. 언제부턴가 나는 나에게 선한 영향력을 주는 이들을 경외하고 존경하며 그 선한 영향력으로 인해 내 삶이 풍요로워지고 보람되는 것을 느낀다. 내가 간호사로서 환자들에게 어떤 선한 영향력을 주고 있을까? 환자들의 삶에 조금이나마 도움이 되고 싶다. 내가 간호사인 이유를 여기에서 찾고 싶은 것 같다.

나는 심장병원 외래 전담간호사다. 이 업무를 하며

나는 목표를 정했다. 심장내과 시술 환자에게는 시술을 왜 해야 하는지 어떤 진단으로 이 시술을 하는지 알게 하는 것과 유전성 대동맥 환자들에게는 한 번이라도 웃고 진료실을 나가게 하는 것이다.

의외로 많은 환자들은 자기가 가지고 있는 진단명이 무엇인지 모르고 있다. 사실 진단명이 생소하고 어려운 의학용어가 많아서 나이 많은 어르신들에게는 기억해 내는 일이 쉽지 않다. 그래도 포기하지 않고 스스로의 치료 계획에 관심을 갖고 참여할 수 있도록 해드리고 싶었다. 상담을 마친 후 "진단명이 어떻게 되세요? 이건 꼭 기억해주세요!"라며 책자도 드리고 적어도 드리고 자료 전송도 해드리고 있다. 그래도 떠듬떠듬 진단명을 말하시면서 기억하려는 환자들을 볼 때면 그분들에게 감사한 마음이 들어, 나는 또 기운을 얻는다.

그리고 내가 상담하고 있는 유전성 대동맥 질환 환자들은 내 선택이 아닌 부모님에게 유전이 되었거나, 유전자 변이를 가지고 태어났고, 그 변이가 자녀들에게 유전되리라는 불안 때문에 죄책감과 우울한 정서를 가지고 계신 분들이 많다. 그분들의 얘기를 무작정 듣기 시작했다. 상담하면서 같이 울기도 하고 안타까워하기도 하고 화를 내기도 하고 정말 그분들의 얘기에 공감하고 싶었다. 식사를 못하는 환자들에게는 매일 전화로 식사를 챙기고, 걱정이 많았던 환자들께 안부 전화를 드린다. 그런 나의 마음이 전해졌는지 몇 년이 지난 지금 '병원에 오는 날이 기다려진다'고 '상담하고 나면 기분이 좋아진다'고 '병원에 오면 웃게 된다'고 '마음이 편하다'고 '불안이 없어졌다'고 '외출도 자주하게 되고 취미도 생겼다'고 '매일 운동도 한다'고 '많이 의지가 된다'고 "잘되겠죠? 치료받으면 되죠 뭐." "환자가 많아서 힘드시겠어요."라며 일상의 변화를 공유해주시고 나에게 위로의 말까지 하시는 환자들을 볼 때면 자꾸 눈앞이 흐려지는 경험을 하게 된다. 오히려 환자들이 나에게 감동을 주고 에너지를 주는 느낌이다. 그래서 나는 오늘도 내가 간호사라서 감사하다.

나는 내가 하고 있는 간호의 이유가 환자들에게 그대로 전해지기를 바란다. 그래서 간호사에 대한 부정적인 생각을 가지고 있는 환자들과 만나게 되면 안타까운 마음이 든다. 꼭 우리의 잘못인 것 같다. 환자들에게 좋은 경험을 주지 못한 우리의 잘못. 그래서 나는 나에 대한 환자들의 경험이, 간호사 전체의 이미지일 수 있음을 생각하게 되고 환자들에게 어떤 경험이 좋은 경험일까에 대한 고민을 늘 하는 것 같다. 환자가 신뢰할 수 있는 간호사! 환자에게 위로가 되는 간호사! 환자를 공감해주는 간호사! 환자들을 존중하며 예의를 다하는 간호사!

내가 하는 간호가 환자들에게 선한 영향력을 준다면 그걸로 난 족하다. 내가 왜 간호를 하는가에 대한 답일 것이다.

커피도 약이다

2020년 3월 31일 오후 5시경 전화를 받았다. 소아병동에 코로나19 확진 환아가 발생했다는 전화였다. 우리 병원 첫 확진자가 어린이병원간호팀 내에서 발생하리라고는 생각하지 못했기에 너무 놀라 심장이 방망이질 쳤다. 확진자가 스쳐간 곳은 모두 밤새 소독이 진행되고 직원들은 늦은 밤까지 코로나19 검사를 받았다. 35명의 직원 중에 수간호사를 포함하여 16명의 직원이 기숙사나 집에서 2주 동안 자가 격리되었다. 확진 환아와 같은 병실을 사용한 환아와 보호자들은 밀접접촉자로 분류되어 격리병동 음압 병실로 전동 보내졌고, 소아병동에 남은 27명의 환아와 33명의 보호자는 신관 13층에 코호트 격리되었다. '서울아산병원 소아병동에 확진자 발생' 언론보도가 나오자마자 병동으로 전화 문의가 쇄도하였고, 병실에서 한 발짝도 나올 수 없는 보호자들의 콜벨과 격앙된 불평불만과 감정 투사가 곳곳에서 전해지고, 개인보호구를 착용한 어둡고 지친 간호사의 스테이션 모습은 '전쟁터구나' 싶어 마음이 무겁고 아팠다.

예상치 못한 소아 확진자로 인한 노출로 보호자의 반응들은 시간이 지날수록 감당할 수 없는 항의로 이어졌다. 원하는 답이 나올 때까지 전화를 끊지 않는 보호자도 너무 많았다. 병실에 있는 보호자는 퇴원시켜 달라, 커피를 마시고 싶다, 간호사실에 커피 있지 않느냐, 기저귀 떨어졌으니 사가지고 와라, 따지고 보면 간호사들이 더 밀접한 접촉자인데 왜 우리를 격리시키느냐, 너희들은 퇴근해서 집에 가지 않느냐 등의 상처되는 말들은 업무가 너무 바빠 물 한 모금조차 마시지 못하고 일하던 간호사들을 더 힘들게 했다.

매일 오전, 오후 열리고 있는 '코로나19 위기대응 상황실 회의'에서는 국내 발생 현황에 따른 국가 노출자 선정과 경유 조사에 집중이 되었고, 보호구 착용 강화와 격리병상 운영, 확진 환자 대응을 위한 운영안 등이 집중적으로 논의되고 있었다. 환아의 미래를 간호하는 어린이병원간호팀의 간호 가치와 환아와 보호자 중심의 치료를 어떻게 전할 수 있을까 고민이 되는 순간이었다. 정신건강의학과 과장님의 자문으로 어린이병원 보호자에게는 "커피도 약으로 처방할 수 있겠다."라는 멋진 조언을 회의에서 말씀해 주셨고, 그 이후 병원의 지원시스템이 활성화되어 큰 도움을 받았다.

'커피'가 제공되었다. 커피를 너무너무 마시고 싶다는 격리 보호자들의 의견이 다양하였다. "저는 캐러멜 마키아토 아이스를 쫙 들이키고 싶어요." "그거 아시잖아요. 얼음 동동 띄운 커피 한 잔 먹으면 하루가 달라져요." "캔커피와는 차원이 달라요." "어떤 약보다 좋아요!" 등의 반응이 많이 전달되었고, 많은 고민과 논의 끝에 보호자들에게 커피를 병동에서 주문 받아 간호부에서 제공하였다. 간호사들의 반응은 엇갈렸다. "어제보다 병동이 더 정리되고 보호자들의 컴플레인이 줄어서 한결 낫다." "커피 제공에 대한 프로세스가 정해져서 마음이 편하다."라는 의견과 "간호사들이 커피까지 주문받고 배달해야 하나." 등의 반대 의견이 터져 나왔다. 노출자에게 커피 테라피가 필요하듯 우리 간호사들에게도 지원과 격려, 더 감사함의 표현이 필요한 시점이라 생각되었다.

간호부에서는 병동과 격리된 기숙사 간호사들에게 손수 일일이 개별 포장하여 간식거리를 전달해 주었고, 소아과 교수님의 보호자 진찰과 외래 약 처방 시스템 신설, 감염내과와 소아정신건강의학과 교수님의 매일 회진으로 보호자에게 현재의 감염 상황 설명과 정신과적 상담들은 보호자들의 감정을 점점 긍정적으로 바꾸었다. 또한 환자와 보호자의 개인 물품 구입과 택배 대행은 법무팀에서 신용카드가 오가는 이유로 인해 맡아서 해주었고, 꼼짝 못하는 환자들을 위해 장난감과 간식을 제공해 준 고객만족팀, 각 병실마다 전자레인지를 설치해 준 시설팀, 환자/보호자 식사뿐만 아니라 간호사들의 식사까지 직접 챙겨서 올려준 영양팀, 그리고 병원 경영진들의 특별한 간식 제공은 누군가가 가보지 않은 길을 우리 스스로 만들어 간 시간이었다. 나중에는 기숙사 자가 격리 직원의 시모 상, 상주 보호자의 조부 상도 있었고 구체적으로 장례식장 방문 시간과 방법도 감염관리팀 덕분에 정중한 마음과 프로세스로 전달될 수 있었다.

"위기의 상황에 해야 하는 간호는 무엇일까?"
"간호의 특별한 경험을 어떻게 할 수 있을까?"
"내가 잘하고 있는 간호는 무엇일까?"

어린이병원의 첫 확진자 발생은 위의 질문들을 생각하고 팀장의 역할을 숙고하는 시간이었다. 팀장 1년차일 때 나의 간호를 'Courageous care, Second nursing'이라고 정의하였다. 코로나19 경험은 많은 사람 앞에 나서는 것이 편하지 않은 나에게, 어려울수록 조직의 사명을 굳게 지키고 위험을 두려워하지 않는 용기가 필요하며, 환자 간호를 첫 번째로 생각하는 간호사들과 직원들을 지원하는 것이 팀장인 내가 힘써야 할 간호임을 실감한 기회였다.

지금은 팀장 6년 차로서 성장하는 어른의 모습을 꿈꾸며 우리 팀원들에게 소중하고 가치있는 것을 남기고 싶다. 오늘도 현장에서 땀 흘리며 뛰어다니는 간호사들의 얼굴이 떠오른다.

I am grateful for the compassion

여느 때와 다름없는 하루의 시작.

하지만 신비한 파란 눈을 가진 그녀에겐 이번 주말이 악몽의 시작이었다. 그녀는 어제 입원할 때부터 밤을 지새워 울고 지금도 하염없이 눈물을 흘리고 있었다.

그녀는 가족과 함께 소중한 추억을 남기고자 이곳 한국의 여수로 여행을 온 상태였다. 한참 독감이 유행했던 그 시기에 여행 중 고열로 인플루엔자 A 양성이 나왔다. '타미플루를 처방받아 복용하면 낫겠지'가 아니었다. 혈액검사 중 저혈소판증이 확인되었고 이는 비행기를 타기에도 위험한 수치로 바로 큰 병원에 가 볼 것을 권유받고 본원 응급실로 내원했다.

　　낯선 나라에서의 병원생활, 게다가 보호자 1인 상주 규정에 따라 배우자는 5살 아들의 보호자로 호텔로 돌아갈 수밖에 없는 상황에서 검사 진행 중 우연히 임신 사실을 알게 되었다. 축복받아야 할 시기에 그녀는 말도 통하지 않는 곳에서 혼자 외롭게 두려움을 견뎌내야 했으며, 감염성 질환일지 자가면역 질환일지 백혈병일지 알 수 없는 상황이었으나 치료를 늦출 시 위험할 수 있고, 반면 약물치료로 기형아 출산 또는 아이를 포기해야 될 수도 있음에 잔인한 선택을 할 수밖에 없었다.

　　18년 차 간호사이기도 하지만 두 아이의 엄마로도 지켜볼 수 밖에 없는 상황이 너무 가슴 아팠다. 그녀를 도울 수 있는 방법은 없을까..

　　그녀에게 지금 가장 하고 싶은 것이 무엇인지 물어봤다. 그녀는 어린 아들을 한 번만 더 보는 것이 소원이라고 하였다. 출혈 위험이 높아 뇌출혈 등 온갖 무서운 얘기를 들은 터라 그녀는 낯선 땅에서 자신의 건강보다도 아들을 못 볼 수도 있다는 사실이 미친 듯이 두려웠을 터였다. 보호자도 마찬가지였다. 기약 없는 일정에 어린 아들을 돌봐 줄 가족을 찾아 미국행 티켓을 끊어야 할지, 남아 있어야 할지..

다행히 담당의사도 나와 같은 한마음이었다. 이 안타까운 상황을 의료진, 수간호사와 상의 후 감염 지침을 준수하여 임시 면회를 허용하기로 하였고, 드디어 가족의 만남이 이루어졌다. 그날 이후로 울기만 하던 그녀가 의지를 갖고 긍정적으로 힘을 내기 시작했다. 고용량 스테로이드 요법, 면역 치료, 수혈을 진행하며 점차 혈소판 수치가 오르기 시작했고, 비행기를 탈 수 있을 정도의 혈액 수치가 유지되어 퇴원을 앞둔 날이었다.

밝은 얼굴로 그녀는 직접 그린 꽃 그림이 있는 정성스러운 카드를 내게 건네주었다. 정말 감동이었다. 그녀에게 부족한 영어실력으로 말했다. '한국이 좋은 기억으로 남았으면 좋겠다'고, '영어를 잘 하지 못해 답답했을 텐데 이해해주고 잘 견뎌내 줘서 고맙다'고.

그녀는 그녀를 살려준 한국, 서울아산병원, 서울아산병원 의료진이 은인이고 정말 최고라고, 참 고마웠다며 진심 어린 감사를 여러 번 전했다. 한국을 추억할 만한 작은 선물을 전하고 싶었는데 전하지 못했던 것이 아쉬움으로 남지만 간호사가 되길 참 잘했다고 느끼게 해준 순간이었다.

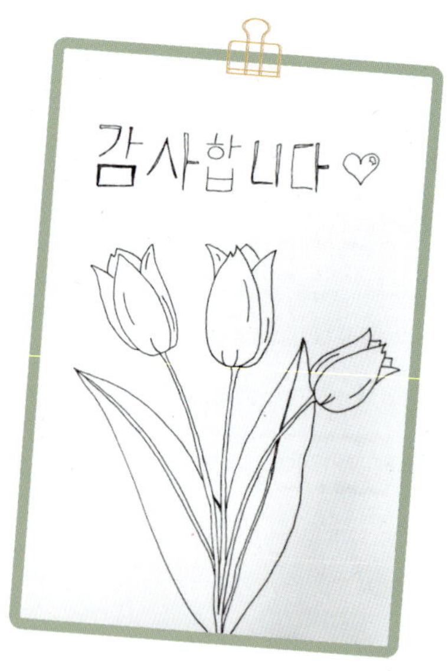

엉덩이에 꽂힌 화살

어느 나이트 근무 중 나는 소명을 맞닥뜨렸다. 병상 하나에 몇 명의 환자가 오고 갔는지 모를 어느 밤, 새벽 2시, '경동맥 손상 환자인데 어렵게 수술 중이다. 나오면 정말 중환일 것이다'라는 소식이 들렸다. 두려웠다. 새벽 3시, 아직 수술이 완료되지 않았다고 한다. 새벽 3시 반, 수술실 간호사로부터 연락이 왔다. 의료진이 모시고 나온 환자는 17세 소녀였다. 야간 자율학습을 마치고 귀가하던 중 묻지마 범죄를 당했고 의료진은 어떻게든 수술을 하려고 사투를 벌였으나 살리지 못했던 것이다. 처참한 모습에 모두 할 말을 잃었다. 긴 머리 소녀의 고운 머리카락이 피로 흥건히 젖어 딱딱하게 굳어 있었다. '머리를 잘라야 하는 거 아니야?' 질문하는 동료들을 설득했다. '머리 감깁시다.' 가족에게 돌아갈 때 이렇게 보낼 수는 없어 핏방울 한 방울 남지 않게 뽀얀 얼굴로, 고운 머릿결로 온전한 여고생으로 돌려 보내리라. 지금 해야 할 간호, 아니 하고 싶은 간호이다. 되뇌이며, 열 번 넘게 대야에 물을 떠서 씻기고 감겨도 끝이 보이지 않았다. 30분이 흘렀을까.. 머리카락 사이 손에 걸리는 것이 있다. 머리핀, 소녀의 유품이었다. 나에게도 아이가 있고 이런 어린 시절이 있었건만 이리 험한 일을 당한 소녀에게 미안함과 서러움과 안타까움.. 뭐라 말할 수 없는 감정 속에서 묵묵히 샴푸를 하고 헤어드라이어와 빗을 움직였다. 잠시 흐느낀 소녀의 아빠는 아이를 어루만지며 놀라울 정도로 차분한 모습으로 다음 절차를 질문했다. 연신 '고맙다'고 말하는 소녀의 아버지를 장례식장으로 떠나 보내던 중 뒤늦게 따라가 엘리베이터 앞에서 머리핀을 전달했다. 그제야 무너지는 아버지를 붙들고 잠시 곁을 지켰다. 그날을 잊을 수 없다. 그날 소녀의 간호사로서 함께 할 수 있어서, 부녀의 곁을 지킬 수 있는 간호사가 된 내 자신에 감사했다.

인디언 속담에 '엉덩이에 꽂힌 화살의 수를 보면 그가 진정한 리더인지 알 수 있다'는 말이 있다. 간호사로 살면서 때로는 오해를 받기도 하고 때로는 저항에 부딪히기도 한다. 실수를 하기도 하고 의도와 다른 상황이 벌어지기도 한다. 어렸을 때는 점점 어려워지는 상황들을 피하고 평탄하게 살고 싶었지만 돌아보니 나는 기적에 함께 했고 사람을 돕는 일을 하고 있다. 엉덩이에 꽂힌 화살들처럼 어려운 간호상황들은 나를 유연하면서도 끈질기게 만들어 주고, 포용하면서도 용감하게 만드는 원동력이 되며 나를 성장으로 이끌어 주었다.

요즘 나의 관심은 간호사이다. 제대로 간호하고자 하는 인재들이, 간호를 통해 행복할 수 있게, 또 행복하게 간호할 수 있도록 돌보고 육성하고 문화를 가꾸는 사람이 되고 싶다. 모두가 한 발짝 앞으로 나아갈 수 있도록 이끌고 영향력을 미치는 어른이 되고 싶다. 내가 지난 길에 무엇을 남길지 상상하며 채워갈 10년, 또 다른 배움과 성장에 설렌다.

최은혜 | 수술간호팀 수술지원 Unit

잊을 수 없는 순간들

2020년 3월 31일 화요일은 잊을 수 없는 '하루'로 내 기억에 새겨 있다. 3살의 OOO는 가성 장폐색으로 수술 후 오후 3시 56분에 신관회복실로 입실했다. 담당 간호사인 나는 마취에서 깬 환아가 엄마와 최대한 빨리 만날 수 있도록 보호자를 호출하였으나, 보호자는 도착하지 않았고 병동에서 코로나19 확진자 발생으로 병동 폐쇄 및 보호자도 내려갈 수 없는 상황이라는 연락을 받았다. 환아 또한 코로나19 확진자 밀접 접촉자일 수 있는 상황으로, 수술실에 해당 사항을 알리고 개인보호구 착용 후 신관 회복실 내 음압 격리실로 바로 이동하여 환아를 달랬다. 수술 직후 회복 중인 환아에게 엄마의 손길이 무엇보다 필요하다는 것을 잘 알고 있었기에, 울며 보채는 환아를 안정시키려 노력하였고, 한편으로는 병동에서 속이 타들어 갈 환아 엄마의 모습이 떠올라서 어느 때보다 안타까움과 함께 책임감을 느꼈다.

선잠에서 깬 환아는 음압격리실이 낯선 모양인지 두리번거렸고, 눈에서는 금세라도 눈물 방울이 툭 하고 터질 듯했다. 나는 무릎을 바닥에 대고 눈높이를 맞추며 말을 건넸다.

"선생님이 엄마처럼 배도 만져주면서 아프지 말라고 '호호' 해주어도 괜찮을까요?", "배가 많이 고프겠네요? 목마르지는 않나요? 지금처럼 치료 잘 받으면 선생님이랑 곧 엄마를 만나러 갈 수 있어요."라고 말을 잇자, 환아는 조그마한 머리를 끄덕이기도 했다. 아이가 관심을 둘 만한 장난감 같은 것이 없어 음압격리실과 회복실 사이 유리 벽에 붙은 물고기 스티커를 보면서, 이야기를 만들어 들려주었다. 머릿속에 떠오르는 대로 우스꽝스러운 목소리를 내면서 만화 영화 속 물고기 주인공 성대모사를 들려주었다. 환아는 눈을 반달 모양으로 접으며 웃기도 했고, 그러는 동안 조금씩 안정을 되찾고 있었다. 다행히 환아는 밀접

접촉자가 아닌 것으로 분류되었으나, 병동 폐쇄 관련 3-4
시간은 더 회복실에서 격리되어 있어야 했다. 시간이 지날
수록 걱정 가득한 아이 얼굴을 앞에 두고 아이들이라면 누
구나 좋아하는 아이스크림을 소재로 이야기를 나누었다.
"나는 바나나 구슬 아이스크림이 제일 좋아. 슈퍼에 있어.
맛있어."라며 귀엽고 작은 몸을 내게로 돌려 누우며 답하
곤 했다. 고양이를 좋아한다고 하며 얼마 전부터 함께 사
는 고양이 이야기를 들려주기도 했다. 작고 답답한 음압격
리실에서 우리 둘은 작지만 소중한 이야기를 나누며 시간
을 보냈다. 오후 6시 50분 병동으로 입실가능하다는 연락
을 받고, KF94 마스크를 씌웠다. 하얗고 조그마한 손으로
양쪽 마스크 끝을 야무지게 잡고 병동으로의 출발을 기다
리는 모습을 보면서, 나도 모르게 "잘했어, 최고야!"라고
말하며 환아에게 엄지를 보여 주었다. 간호사인 내가 오히
려 '작은 아이'에게 감동하고 위로 받은 시간이었다. 병동
에 도착하여 현장을 눈으로 보자, 무언가 울컥하면서 마음
이 숙연해졌다. 눈에 보이지 않는 곳에서 각자 자리를 지
키며 최선을 다하는 그들에게 존경과 뜨거운 감정이 솟았
다. 병실에 들어서자마자, 환아 엄마가 눈물을 흘리며 뛰
어왔다. 환아의 얼굴과 몸을 쓰다듬으며 눈물 흘리는 엄마

와 달리, 환아는 해맑게 "안아줘, 엄마"라며 두 손을 쑥 내밀었다. 나는 흐느끼는 엄마에게 "회복실에서부터 함께한 간호사예요. 많이 힘들었을 텐데 의젓하게 잘 견뎌줘서 제가 더 고마웠어요. 많이 칭찬해 주시고, 좋아하는 바나나 구슬 아이스크림도 꼭 사주세요. 어머님도 병동이 갑자기 폐쇄되어 당황하셨을 텐데, 저희 의료진을 믿고 기다려 주셔서 고맙습니다."라고 했다. 병동을 나설 때 엄마 품에 푹 안겨 손을 흔들어 주는 환아를 보자 긴장했던 마음도 눈 녹듯 사라졌다.

다시 회복실로 혼자 돌아오는 길, 문득 이전에 읽었던 <좋은 간호사 더 좋은 간호>의 '내가 하는 일에 가치를 느끼면 성공한 간호사'라는 글이 왜 갑자기 떠올랐을까? 바쁜 병원 생활 동안 잊고 지낸 글 한 줄이 숨 가쁘던 오늘 하루와 겹쳤다. 코로나19 위기 상황에서도 의료 현장을 지키면서 아낌없이 서로 돕고 헌신하는 동료의 얼굴도 함께 떠올랐다. 수많은 의료진이 흘리는 땀 속에, 국민의 생명을 지키려는 노력 속에, '소중한 사명감'을 느끼기도 했다. 서울아산병원 의료진의 한 사람으로서 깊은 자긍심과 함께 무거운 책임감을 경험한 소중한 하루였다.

어떤 어려움과 고난이 닥쳐와도 우리는 환자와 함께 할 것이며, 코로나19 극복이라는 책임과 역할을 다할 것이다. '내가 하는 일에 가치를 느끼면 성공한 간호사'라는 글에 부끄러움이 없도록 최선을 다할 것이다.

🦋 **이수연** ┃ 중환자간호팀 신경과중환자실 Unit

내가 위로하던 '작은 손'

내 간호사 인생 가장 기억에 남는 환자가 있다. 물론 의료진으로서 어느 환자에게나 동등하고 평등한 간호를 제공해야 하겠지만, 나도 사람인지라 조금 더 신경이 쓰이고, 관심이 가는 환자가 생기는 건 어쩔 수 없었다. 이 환자는 29살로 나와 동갑이고, 여느 평범한 회사를 다니는 직장인이었다. 뇌에 염증이 생겨 온 환자였는데, 뇌 질환으로 인격, 인지, 행동에 이상이 생겨 치료 기간 동안 울고, 웃고, 보통의 상태였다가 다시 소리지르고 발버둥치는 등의 행동을 반복하였다. 환자가 혹시라도 다칠까 안전을 위하여 우리는 신체보호대를 적용해야 했고, 담당간호사인 나는 침대에 묶인 환자의 모습을 지켜보며 조금이라도 더 안위를 신경 써주고 무섭지 않게 챙겨주고 싶다고 생각했다. 왜 그렇게 애정이 갔을까? 특별한 이유보단 나이가 같은 친구라 조금 더 관심이 갔고, 나와 같이 건강했던 친구가 아프다니 언제든 나에게도 일어날 수 있는 일이라는 생각에 더욱 신경이 쓰였던 것 같다.

조절되지 않는 행동의 환자를 담당할 경우, 배려를 받아 조금 더 주의깊게 환자를 간호할 수 있도록 해주는데 그래서인지 나는 이 친구와 많은 시간 보낼 수 있었고, 담당간호사로서 많은 시간 함께 보내면서 한 가지만 생각했던 것 같다. '이곳이 무섭지 않도록 해주자.' 낯선 1인실 중환자실에서 가족도 없이 복잡한 기계들과 수액, 바늘을 몸에 덕지덕지 붙이고 치료를 받는다면 어느 용자가 무섭지 않다 할까? 실제로도 이 상황을 두려워하며 우는 친구를 보며 나는 조심스레 손을 잡아주었다. 그리고 계속해서 같은 말을 반복하며 설명해주려고 노력했다. "지금은 다양한 검사들을 하고 약물 치료를 하고 있어요. 회복하기 위해선 시간이 필요해요." "지금 저희는 최선을 다해서 치료하고 있어요." "무서워하지 않아도 돼요. 옆에서, 앞에서 간호사들이 모두 지켜보고 있어요." 그러면서 텔레비전을 틀어주고 눈물을 닦아주고 손을 잡고 있었다.

다음날도 그 다음날도 하물며 나의 담당 환자가 아닌 때도 괴로워하는 소리가 들리면 어김없이 방에 들어가 손을 잡아주었다. 2주 정도 지나고 내가 며칠 휴일을 보내고 출근을 하니 환자의 건강이 빠르게 회복되어 일반병동으로 전동을 갔다는 소식을 들었다. 내 눈으로 꼭 건강을 되찾은 모습을 보고 싶었는데 보지 못하고 보낸 것이 아쉬웠지만, 일반병동으로 이동했다는 소식이 정말 반가웠다. 그렇게 동료와 이러한 기쁨과 아쉬움을 함께 나누던 그때 한 통의 전화가 걸려왔다. 퇴원을 앞두고 감사 인사를 하기 위해 중환자실 앞에 왔다는 소식이었다. 나는 곧바로 중환자실 앞으로 나갔고, 건강해진 친구를 마주했다. 감격스러웠다. 지난 치료기간이 잘 기억나지 않지만 모두 고마웠다며 친구는 내 두 손을 꼭 잡아주었다. 그러자 그때 나와 친구는 금세 눈에 눈물이 맺혔고, 친구는 엉엉 울기 시작했다. 서로의 손의 느낌이 너무나도 익숙했기 때문이다. 지난 시간 동안 얼마나 손을 잡고 있었는지 손을 잡는 순간 내가 위로하던 '작은 손'임을 나도 바로 느낄 수 있었고, 또렷하게 나의 얼굴을 기억 못하던 친구도 "이 손 느낌이 기억이 나요. 제가 매일 잡고있던 손이에요."하며 목놓아 울기 시작했다. 손 위생으로 한껏 거칠어진 내 손을 쓰다듬고, 두 손

가득 꼭 잡고, 진심으로 고맙다고 인사하는 그 마음이 전
해져 가슴이 벅차오르는 순간이었다. 서로의 손의 온기만
으로 이렇게 알아보다니 그동안 내가 전한 마음이 잘 전달
되었구나 나 또한 위로받는 느낌이었다.

　　마지막으로 서로 "잘 가!", "잘 살아."라고 인사하며,
우리는 다시는 만나지 말자고 인사했다. 정든 친구에게 하
는 인사로는 슬프지만 이것이 우리에게 가장 알맞은 인사
였다. 그리고 나는 앞으로 또 환자들에게 진심으로 다가가
고 간호할 힘이 생긴 것 같다.

간호의 의미

김민경 | 암병원간호2팀 암병원외래 Unit

나의 간호에 진심을 담다

지금 내가 담당하고 있는 암통합진료센터의 진료 중에 만 35세 이하 유방암 환자를 위한 클리닉이 있다. 이 클리닉은 주로 유방암으로 처음 진단받은 젊은 환자들의 치료와 가임기 보존을 위한 상담이 이루어지는 곳으로 대략 일주일에 다섯 명 정도 신환을 만나게 된다. 고등학교를 갓 졸업한 내 딸아이 또래의 아주 어린 친구도 있었고, 이제 갓 사회에 첫발을 내디딘 사회 초년생, 인생의 황금기에서 결혼을 앞둔 예비 신부, 새로운 탄생을 준비하는 임신 중인 예비 엄마, 보석 같은 아이를 갖기 위해 노력 중이던 난임 여성, 이미 눈에 넣어도 아프지 않은 아이들을 가진 엄마 등 그들은 우리가 주변에서 쉽게 만날 수 있는 누군가의 딸이기도, 아내이기도, 또 엄마들이었다. 이들이 보여주는 모습은 얼마 전 내가 바로 지나온 길에서의 나의 모습이기도 하다.

진료 전 상담을 하면서 그들의 다양한 사정과 사연을 들으면, 환자와 간호사가 아닌 한 여자로서 어느새 나도 그들에게 감정이 이입되어 이내 그 사연 속으로 들어가 있을 때가 있다. 그러다 보면 그들이 지금 얼마나 무섭고 두려울지, 걱정이 많고 불안할지 공감이 되고 내가 어떻게 하면 이들에게 작은 도움이라도 더 줄 수 있을지 많은 생각을 하게 된다. 그럴 때 내가 할 수 있는 것이라고는 그저 우는 환자의 어깨를 다독여 주거나 손을 잡아주고 궁금한 게 있는지 살펴 설명해 주고 치료를 잘 받을 수 있도록 용기를 북돋워 주는 것이 전부라는 게 가끔은 내가 너무 작은 존재임을 실감하게 한다. 그렇지만 내가 할 수 있는 전문 영역에서, 그들이 인생 한 편에서 각기 다른 인생의 그림을 다시 그려나갈 수 있도록 고민하고 하루라도 빨리 치료를 시작할 수 있도록 최선을 다하기로 날마다 다짐을 하고 있다.

내가 이들을 위해 좀 더 마음이 쓰이는 이유는 유방

암은 완치율이 높은 암 중 하나이기에 잘 치료하면 충분히 일상 생활로 복귀할 수 있고 임신 중에도 치료가 가능하여 임신했던 환자들이 치료를 받고 순산하는 모습도 흐뭇하게 지켜볼 수 있기 때문이다. 어떤 대학생 환자는 꾸준히 치료를 받아 대학 졸업 이후에 취업을 하고 결혼을 하고 아이를 낳는 과정을 함께 하기도 했고, 아이가 없어 걱정했던 환자와 남편이 함께 방문해서 임신을 했다는 기쁜 소식을 전해주기도 한다. 결혼한다며 청첩장을 건네주기도 하고 취업하거나 학위를 취득했다고 자랑하기도 한다. 치료한 지 10년이 경과한 환자들은 연고지 병원에서 계속 관리받을 수 있도록 연계해 주면서 그동안 애썼다고 칭찬하고 격려해주고 다시는 보지 말자는 농담을 주고받을 만큼 여유도 생겼다. 바로 얼마 전에는 전원을 앞둔 환자가 고백하듯이 처음 만났던 날 내가 손을 잡아줘 너무 안심이 되었다고 10년 동안 함께 해주어 너무 감사했다는 인사를 전해 마음 깊은 곳에서 뜨거운 눈물이 나오려 하는 것을 애써 참아야만 했다.

가끔 지치고 힘들 때면 환자들이 써준 손 편지를 꺼내 읽어보곤 한다. 한 글자 한 글자에 담긴 진심을 읽을 때마다 지나간 일들이 떠오르고 그 순간 내가 느꼈던 감동과 행복들이 되살아나 다시 살아갈 수 있는 용기를 얻고 한편으로는 내가 잘 살아가고 있음을 깨닫게 해준다. 그러면서 이 맛에 내가 아직도 여기에 있는 게 아닌가 하는 존재 이유를 느낀다.

나의 간호사 생활은 아주 우울하고 어두운 곳에서 시작되었다. 그러나 병동에서 마주했던 환자들이 장례식장으로 갈 때마다 느꼈던 삶에 대한 우울감은 외래에서 만나는 젊은 유방암 환자들을 만나면서 생명에 빛을 볼 수 있다는 희망으로 바뀌었다. 이제 나는 자신 있게 이야기할 수 있다. 내가 간호에 진심을 담으면 나의 환자들에게 한 줄기 희망의 빛이 될 수 있고, 내가 지나온 어딘가에서 만났던 그들에게 나의 진심이 닿을 수 있을 것이라고 확신한다. 그래서 나는 오늘 지금 이 순간에도 나의 간호에 진심을 담는다.

마지막까지 함께 걷는 간호

내가 돌보던 환자가 심폐소생술 거절을 결정하고 임종에 가까운 상태가 되어 사망에 이를 때마다 나는 마음이 편하지 않다. 시간이 오래 되었다고 해서 절대 익숙해질 수 없는 게 임종 간호다.

'심폐소생술 거절로 결정한 상황에서 내가 어떤 간호를 더 해줄 수 있을까?' 고민해보기도 한다. 의사들이 해줄 수 있는 의학적인 치료 외에도 죽음을 맞이하는 환자와 가족들을 위해 간호사로서 내가 할 수 있는 것에 집중하고 싶지만 현실은 밀려드는 업무로 여유가 없어 아쉽다. 고유량 비강 캐뉼라 산소요법을 최대로 적용하며 심폐소생술 거절을 결정하고 일주일 이상을 힘겹게 버티는 상황에서 의료진은 비강 캐뉼라로 산소 투여량을 낮추는 방안을 선택했다. 일주일 전 비강 캐뉼라 6 L/min로 변경해 봤지만 산소포화도가 급격히 떨어지는 모습에 보호자들은 당황하며, 이 상황을 급히 중단시켰다. 그러나 환자는 의식 없이 7일 이상을 지냈고, 의사는 다시 한번 비강 캐뉼라를 적용하도록 보호자를 설득했다. 나는 이 상황에서 윤리적 갈등도 느꼈다. 이 간호가 환자를 편안하게 하는 것인가, 아니면 임종의 시간을 단축시키는 것일까? 고민되었지만 우선 처방에 따르기로 했다. 이번에는 비강 캐뉼라로 변경한 후 잠시 불안정했지만, 1시간 뒤 안정적인 상태로 돌아왔고 이틀 정도를 지내다가 편안하게 임종을 맞이했다. 고유량산소요법을 최대로 설정해야만 했던 환자가 비강 캐뉼라로 변경하는 것이 가능할 수 있다고 생각하지 못했다. 곧 임종하실 거라고 생각했지만 변경 후 보호자들은 오히려 환자의 모습이 더욱 편해 보였나 보다.

"진작 이렇게 해 드릴걸 그랬나봐요. 저희가 진작에 저 기계 달고 힘들게 하느니, 이렇게 하자고 했어야 했나봐요."라고 말하며 환자를 힘들게 한 것 같아 미안하다며 자책하는 말을 했다.

그런 보호자에게 나는 "아닙니다. 보호자분, 그때는 환자를 위해서, 그게 최선이었습니다. 그리고 지금 이 순간은 환자를 편하게 하기 위한 최선의 방법으로 다하고 있습니다. 그러니 후회나 자책은 절대하지 마세요."라고 말했더니 보호자(배우자, 아들, 딸)는 이 말 한마디가 진심으로 위로가 된다며 눈물을 흘렸다.

처치실에서 나와 있던 보호자가 대화하는 모습을 본, 병동 조무원님이 나에게 다가와 "환자 보호자에게 참 따뜻하게 이야기하네, 나 뒤에서 듣고 눈물날 뻔했어요."라고 말했다.

나는 이때 또 한번 깨달았다. '진짜 특별한 이야기가 아니고, 누구나 할 수 있는 이야기라 생각했는데 같은 동료가 와서 나에게 이렇게 이야기하는 걸 보니, 보호자들에게 진정성 있게 마음이 전달되었구나'라는 생각이 들었고 말 한마디가 큰 힘을 줄 수 있음에 내가 더 감사했다. 또한 그렇게 오랜 시간 대화하거나 볼 수는 없었지만, 가족들과 조금이라도 더 함께 있고 싶었던 환자의 마음과 가족에 대한 사랑도 느낄 수 있었다.

나는 임종을 맞이하는 환자의 산소포화도가 얼마인지, 활력 징후가 어떠한지, 의사에게 언제쯤 연락을 취해야 하는지에 대한 업무적인 내용보다는 환자의 가족은 누가 있는지, 임종 전에 함께 할 수 있는 가족은 누가 있는지, 그들이 원하는 것은 무엇인지, 죽음을 맞이하는 환자 옆을 지키는 가족들의 심정은 어떠한지, 그 마음을 더욱 헤아리고 손 한번 잡아주며 따뜻한 말 한마디를 전할 수 있는 간호사가 되기 위해 노력해볼 것이다.

진정한 공감의 의미를 되새기며

작년 여름, 60대 중반 여자 환자가 안과 수술을 위해 당일수술센터에 내원하였다. 안과 수술 지연이 예상되어 미리 수술 진행 상황과 지연에 대해 안내하였으나, 수술 전 대기 시간이 길어질수록 점점 언성을 높이며 지연 상황에 대해 불만을 토로하였다.

"도대체 언제까지 기다려야 하는 거예요? 이런 큰 병원에서 환자를 이렇게 오래 대기시켜 놓는 게 맞아요? 진짜 너무하네요." 나는 환자의 고충에 공감하며 이야기를 들어주었고, 보호자 면회를 시켜드리며 환자의 불편이 최소화되도록 노력하였다. 그사이 시간이 흘러 환자는 무사히 수술을 마치고 나왔고, 환자가 회복되면 퇴원 안내를 신속히 해야겠다 계획했으나 추가 퇴원약 처방으로 약이 올 때까지 퇴원이 지연됨에 대해 다시 양해를 구할 수밖에 없었다. 그러자 환자와 보호자인 남편이 함께 소리를 지르며 "무슨 이런 병원이 다 있어, 눈 수술 하나 하려고 도대체 병원에 얼마나 있어야 하는 거야, 더는 못 있어요. 그냥 집에 갈 테니까 가게 해주세요."라며 퇴원약도 받지 않고 가려고 하였다. 나는 환자를 붙잡으며 약국에 빠른 조제 요청을 부탁드려 볼 테니 잠시 기다려 보시라고 말씀드렸으나, 환자는 얼굴을 붉히며 조금도 더 있을 수 없다는 의지를 드러내었다.

담당의에게 상황을 전하며 꼭 필요한 약인지 물어보았고, 담당의는 유선으로 환자에게 추가 안약을 점안하지 않으면 실명까지도 이어질 수 있으니 꼭 지참하고 가시도록 설득하였다. 하지만 환자는 담당의의 설득에도 지금까지 참았던 모든 인내를 소진한 듯 전화를 쾅 끊으며 "상관없어요, 집에 갈게요."라고 말하였다. 환자가 오랜 시간 병원에 있었기에 일찍 귀가하고 싶은 상황이 이해가 가면서도 실명 이야기까지 듣고도 가시겠다는 모습에 마음이 답답하였다. "환자분, 실명하실 수도 있다고 하잖아요. 수술 잘 받으셨는데 안약 하나 못 넣어서 나중에 더 고생하시면 어쩌려고 그러세요. 기다리셨다가 약 받아가세요.”라고 목소리를 높여 환자에게 말하였다.

보호자가 체념하듯, “몇 달 전에 서울아산병원에서 딸이 세상을 떠났어요. 어린 자식 셋을 두고 떠난 딸이 너무 불쌍해서 몇 날 며칠을 울더니 어느 날 아내가 눈이 아프다고 하더라고. 너무 울어서 저렇게 됐나 싶어. 그래서 이 병원에 오래 있기 힘든 거야. 딸이 자꾸 생각나니까.”라며 저에게 화내서 미안하다고 되려 사과하였다. 순간 할 말을 잃었고, 환자와 보호자의 얼굴을 쳐다볼 수 없었다. 환자의 아픔과 고통을 깊이 헤아리지 못하고 그저 업무상 해야 할 일들, 원칙을 우선하며 환자를 보고 있었던 나 자신이 보여 부끄러워 어딘가 숨고 싶었다. 나도 모르게 눈시울을 붉히며 환자와 보호자에게 오랜 시간 기다리게 해서, 그리고 조금 더 따뜻하고 다정한 말을 전해주지 못해 죄송하다는 말을 전했다.

당일수술센터를 이용하는 환자에게 가장 힘든 부분이 수술 전 대기 시간이다. 간호사의 끊임없는 설명과 안

내를 통해 환자가 조금이라도 불안감을 덜 느끼도록 노력하고 있지만 직접적인 해결책이 되지 못해 안타까운 마음이다. 하지만 이런 일들이 반복되고 일상이 되면 문득 환자에게 진정성 있게 공감하고 있는가 하는 의문이 든다. 환자에게는 수술이라는 특별한 일정을 다만 나의 일상으로 사소히 여기지 않기를 다시 한번 다짐해 본다. 그리고 간호사의 길을 평생 가야 할 길로 여기고 지금도 간호사가 되어 가는 중이라고 생각하는 나에게 그날 길을 잃지 않도록 다시 방향을 잡아준 환자를 기억할 것이다.

조현경 | 심장병원간호팀 심장병원 외래 Unit

삶을 이끌어내는 삶,
生을 이끌어내는 牲

처음에 대한 기억은 강렬하여 두뇌에 선명하게 기억된다.

처음 출근해서 간호순회하며 환자들에게 인사한 날, 처음으로 환자가 아프지 않게 말초정맥관 삽입을 성공한 날, 처음 심폐소생술을 한 날, 처음 임종 간호를 한 날.

지난 수년의 간호사 생활을 떠올리면 이렇듯 처음인 것들이 먼저 생각나지만, 처음이 아닌 많은 의미 있는 것들도 나의 뇌와 마음 깊은 곳에 아직 생생하다. 내가 간호하는 그 어느 한 순간도 중요치 않은 시점이 있으랴.

뇌전증 환자의 무의식적인 난폭 행동을 막으려 온몸으로 막으며 버틴 날, 두려움에 수술을 거부하는 환자를 안심시켜 수술하기로 결정한 날, 100 kg에 육박한 환자의 심폐소생술을 수행한 날, 환자에게 흡인 간호를 수행하다가 손가락을 물린 날, 오랜 입원 끝에 드디어 심장 이식을 받게 된 환자의 수술 전 준비를 하던 날, 도움받을 수 있는 지원에 대해 상담하고 환자의 재정적 부담을 덜어준 날, 운명하기 전에 장기 재원 환자와 마지막으로 인사한 날.

'백의의 천사'라 불리는 우리 간호사들은 실제 현장에선 '흰옷 입은 전사'에 더 가깝지 않을까.

간호사는 바로 의료 현장 일선에서 심신이 아픈 사람들을 제일 먼저 맞이하고 돌보는 그런 사람들이다. 환자에게 직접 간호를 할 때나, 지금처럼 교육과 상담으로 간접 간호할 때나 나의 돌봄에 있어 빈틈이 생기면 언제든 환자에게 위해가 될 수 있기에 한 순간도 긴장을 늦출 수가 없다. 한순간의 실수도 용납하지 않기 위해 차갑고 냉정한 판단만이 존재하는 순간 순간엔 칭찬 카드를 떠올리며 내 뜨거운 심장을 깨워낸다.

　　신입 간호사 시절 받은 나의 첫 번째 칭찬 카드엔 "서울 깍쟁이처럼 생겼는데 어떤 것이든 참 똑부러지게 일도 잘하고, 지내는 내내 따뜻하게 대해 준 덕분에 치료 잘 받고 퇴원합니다. 상처를 어루만져 준 손길이 너무 고마웠습니다."라는 나의 진가를 알아봐 준 환자의 따뜻한 마음이 기록되어 있다. 그들의 삶을 지탱하기 위해 존재하는 내 삶이 가치 있으며, 그들의 생을 담보로 주어진 내 역할에 감사한다.

　　『삶을 이끌어내는 삶. 生을 이끌어내는 牲』
이것이 간호사의 사명이 아닐까?

　　오늘도 이곳에서 수천 명의 환자를 제일 먼저 맞이하는 의료진인 나는, 주문과 같은 기도를 읊조리며 상담을 시작한다.

부디, 나 행하는 모든 돌봄에 빈틈이 없게 하고
내 온기 가득 이 간호가 마음에 쉴 틈을 주길.

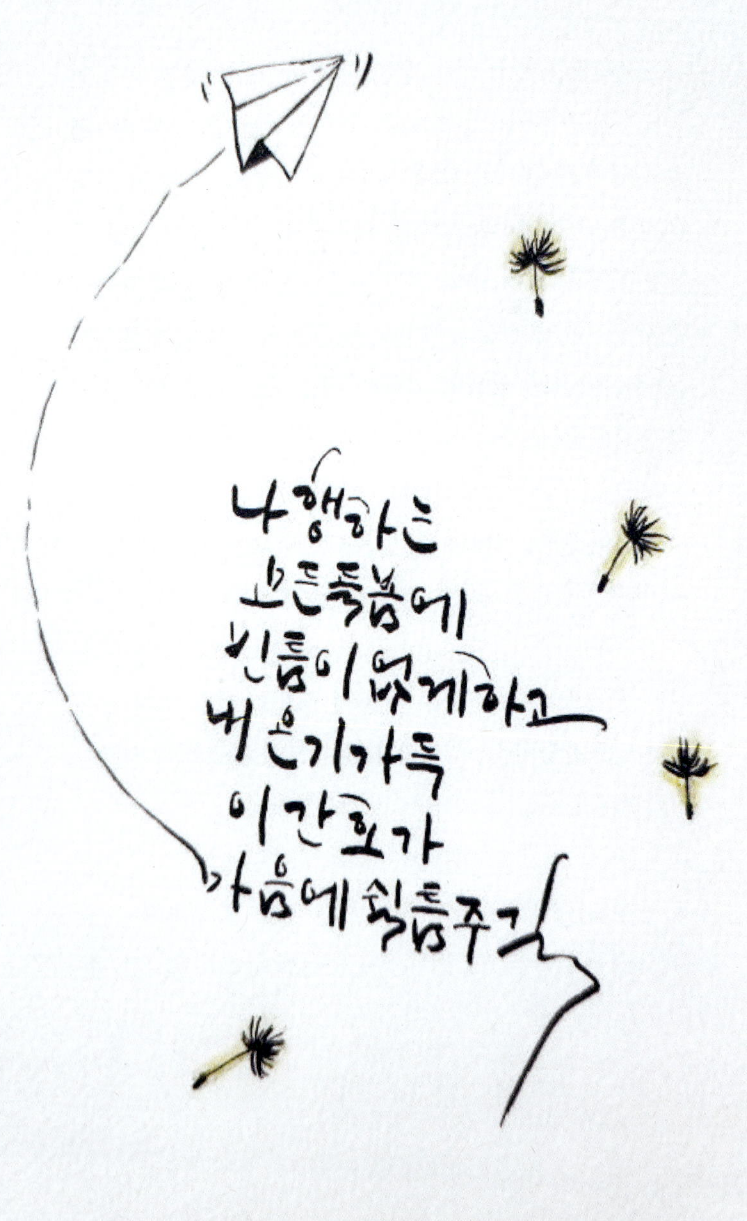
나행하는
고른돌봄에
빈틈이 없게하고
벋은기가득
이간호가
마음에 쉼틈주리

마지막 순간을 함께 걸어가는 우리들

오늘은 2020년 12월 6일, 어김없이 코로나19 국가 감염병 위기 경보 수준 '심각' 단계로 국민 대부분이 이동을 자제하고 재택근무 등을 시행하여 유연하게 각자의 삶을 보내고 있는 대한민국의 어느 날이었다. 모든 입원 환자들이 코로나19 검사를 시행하여 음성 확인이 되어야 입원을 할 수 있고 보호자의 면회와 상주 보호자 교대가 불가능하였으며 환자는 물론, 매일 하루에 한 번씩 보호자들의 체온 측정, 코로나19 관련 증상 확인, 역학적 연관성을 확인하는 행정적인 절차들이 복잡한 코로나19 팬데믹 시대를 보내고 있는 병원은 더 바쁘고 어렵다.

함께 근무하는 동료들과의 완벽한 인력과 단합으로 업무를 빠르고 정확하게 하고 있던 그날, 힘든 임종 순간을 맞이하게 되었다.

림프종 치료의 실패로 임종 직전인 환자의 모니터 알람이 계속해서 울렸다. 알람의 빈도가 점점 늘어나는 것을 통해 나는 환자가 죽음의 문턱에 한발짝 다가가고 있다는 것을 알고 있었다. 마치 한 사람의 일대기를 써 내려간 책의 마지막 페이지를 끝맺는 것처럼 말이다. 나는 보호자에게 이제는 정말 마음의 준비를 해야 할 것 같다고 전하였다.

이전의 상황이었다면 가족 모두가 모여 각자 가족들만의 방식대로 임종을 지켜볼 수 있었겠지만 코로나19 팬데믹이라는 상황이 많은 것을 바꿔 놓았다. 5명의 딸들이 죽음 앞에 있는 엄마를 볼 수 있는 시간은 각각 교대로 1명씩 10분이라는 시간뿐이었다. 최종 임종을 지키기로 한 막내딸은 울부짖으며 제발 한번만 부탁한다며, 한참 나이도 어린 나에게 두 손을 싹싹 빌며, 애원하였다. "이렇게 제가 빌게요. 제발 엄마 마지막 가는 길, 언니들이랑 다 같이 함게 볼 수 있게 해주세요. 간호사님, 제가 어떻게 혼자 엄마를 보내요. 제발 부탁드릴게요. 한 번만 눈 감아 주시면 안 될까요?" 보호자의 너무나도 간곡하고 애절한 요청에도 불구하고 내가 할 수 있는 건 보호자의 몸을 붙잡고 일으켜 세우며 죄송하다, 그렇게는 안된다는 말 밖에 할 수 없었다. 순간, 나도 마음이 울컥하며 눈시울이 붉어지고 눈물이 맺혔다. 필사적으로 눈물을 참기 위해 몇 번이고 위아래 눈을 굴리며 보호자의 얼굴을 피하였지만 양쪽 눈에서 흘러나온 눈물은 이미 내 마스크 안으로 스며들고 있었다.

복잡했던 나의 감정을 추스릴 시간도 없이, 퇴근을 할 무렵 또 다른 환자의 임종 간호를 하게 되었다. 의식 없이 마지막 힘을 다해 힘들게 호흡을 하는 환자를 보며, 배우자인 할머니는 어쩔 줄 몰라 하며 아들에게 전화를 걸며 울고 계셨다. 슬픔과 당황함이 섞인 눈물을 흘리며 횡설수설하는 할머니의 통화였지만 전화를 받고 있는 아드님은 직감을 하셨는지, 혼자 임종을 지킬 할머니를 다독이며 침착하게 이야기를 나누고 계셨다. 나는 그런 모습을 보니 쉽사리 자리를 떠날 수 없었고, 나를 기다리고 있는 다른 환자들에게 바로 돌아갈 수 없었다. 그리고 영상통화를 연결하였다. 아드님께 담당 간호사라고 짧은 소개를 하고 곧바로 환자를 카메라 영상 속에 담아드렸다. 담당 간호사인 나에게 너무 감사하고 수고가 많다는 말을 시작하고 채 끝내기도 전에, 핸드폰 영상 속 자신의 아버지를 보며 엉엉 울고 계신 중년의 아드님 모습이 보였다. "아버지, 눈 좀 떠보세요. 저번에 볼 때 마음의 준비를 다 했다고 생각했는데 이렇게라도 아버지 얼굴을 다시 보다니요. 아버지 그동안 고생 많았고 사랑합니다. 아픈 거 훌훌 다 털고 가셔서는 편하게 쉬세요."

이후 아드님은 한참 동안 말을 이어 나가지 못하고 흐느끼며 영상 속 아버지를 계속해서 눈에 담아두는 것처럼 보였다. 사랑하는 사람을 옆에 두고 만질 수도, 만날 수도 없는 그 슬픔이 얼마나 힘들지 상상도 되지 않았다.

우린 간호사로서, 아니 간호사이기 전에 사람으로서 잊지 말아야 하는 것이 있다. 모든 인간은 존엄하다는 것이다. 인간은 이 세상에 태어나 자신만의 삶을 그려 나가기 시작한다. 세월이 지나 완성되어가는 삶의 그림 마지막 마침표에 아무 연결고리 하나 없는 내가, 간호사라는 이유

하나만으로, 그 사람의 인생 가장 마지막 한순간을 함께 기억한다는 것은 그 무엇으로도 설명할 수 없는 큰 가치와 의미가 담겨있다고 생각한다.

지금도 우리는 환자들과 함께, 그들의 생과 사를 저울질하는 속에서, 죽음을 멀리하기 위해 매일 최선을 다하고 있다.

꽃처럼 피어난 간호의 순간들

> **─ 나의 작은 두 손이 하는 가슴 따뜻한 일 ─**
>
> 공감, 소통 간호를 통해 환자와 가족의 아픔과 고통을
> 더 잘 이해하고 싶습니다.
> 심신이 지치고 병든 환자와 가족들에게
> 힘을 찾아드리고 싶습니다.
> 열린 마음과 따뜻한 손길, 나누는 것만으로도
> 간호의 역할은 배가 됩니다.

삶과 죽음의 문턱에서 생명 유지의 간절함을 호소하며, 오늘도 암병원주사실에는 수백 명의 환자들이 희망을 안고 방문한다. "선생님. 잘 부탁드립니다. 첫 항암 시작인데, 제가 할 수 있을까요? 많이 힘들겠지요? 너무 두렵

네요. 이게 최선이겠지요? 용기 낼 수 있게 도와주세요.”,
“그래도 오늘이 딱 계획했던 치료의 절반까지 왔나 봐요.
시간이 너무 안가네요. 잘 버티고 있는 건 맞는지.. 마지막
까지 힘내봅니다.”, “오늘 새로운 항암제로 바꿨어요. 암
세포가 더 커졌다고 해요. 이 힘든 과정을 또 시작해야 된
다니.. 생각이 많아지네요. 머릿속이 복잡해요.”, “선생님
힘들었던 항암제 치료가 드디어 오늘 마지막 날입니다. 너
무 기뻐요. 지금까지 함께 해주신 모든 분들께 감사를 전
합니다. 잊지 않겠습니다.”

　　오늘도 수백 명의 중증 암환자의 수많은 사연들이
주사실에서 알알이 영글어간다. 서로를 신뢰하고 있다는
간호의 충만감은 마음속에 잊을 수 없는 한 컷으로 남게
된다. 나는 암환자 곁에서 항암 처치, 시술 및 투약 간호를
담당하고 있다. 중증도가 높은 암병원주사실의 특성상 환
자들의 불안을 감소시키고 만족스러운 간호의 접점이 이
루어지도록 노력했다. 편안한 마음으로 회복에 전념하고,
효율적인 길을 찾아낼 수 있도록 최선을 다해 돕고 싶다.
환자 곁에서 MOT (moment of truth; 결정적인 순간) 그 뜻
그대로, 누군가에게 잊히지 않을 한순간이 될 수 있음을

전하는 간호의 역할을 늘 상기한다. 삶과 죽음의 문턱에서 생명 유지의 간절함을 호소하는 암환자들의 마음을 읽고, 진정성 있고 전문적인 간호를 수행하고자 한다. 나의 체온, 마음의 온도, 몸으로 하는 간절한 간호가 뜨겁게 달아올라 느껴지도록 손을 잡아드리고, 귀 기울여 본다. 나의 작은 두 손이 하는 가슴 따뜻한 간호로, 마음을 소통할 수 있어서 감사하고, 온 마음을 다하고 있다는 것을 환자 또한 알아주고, 그분의 마음을 나도 느낀다. 어느새 서로의 마음이 연결되었음을 말로 하지 않아도 알 수 있게 된다.

미소는 나의 무한 에너지이며, 오늘도 환자 곁에서 함께 호흡하며 간호하는 동안 마음의 소통자로서, 언제나 따뜻한 사람으로 기억되고 싶다. 간호사로 첫 업무를 시작했을 때의 '초심'을 기억하고, 마음부터 시작하겠다 다짐한다.

공감이란 남의 신발에 내 발을 넣어 보는 것이라고 하는데, 오늘도 아픈 환자 곁에서 위로가 되며 온기를 나누는 훈훈한 간호를 이어가겠다. 그리하여 오늘도 암병원 주사실에 방문하시는 암환자들의 간호 이야기로 "송이 송이 간호 송이"가 알알이 영글어 간다.

간호의 정답

아는 것보다 모르는 것이 더 많아서 하루에도 몇 번씩 환자와 부서원들의 질문에 고뇌하며 답을 찾는 나는 3년 차 수간호사다. 환자와 보호자, 부서원에게 수많은 질문을 받으며, 또 스스로에게 끊임없는 질문을 하며 나의 하루는 지나간다. 수간호사 발령을 받고 달라진 것들이 너무나 많지만 그중 하나는 환자와 부서원의 이야기를 조금 더 깊이 있게 들을 수 있는 기회가 있다는 점이다. 어떤 수간호사가 되고 싶냐는 질문에 나의 첫 번째 대답은 "언제나 환자와 직원들의 이야기를 귀 기울여 듣는 수간호사가 되고 싶다."이다. 하지만 가끔은 적절한 정답을 제시해야 한다는 사실에 머릿속이 복잡해질 때가 있다.

"저는 언제까지 치료를 받아야 할까요? 끝은 있는 걸까요?"

부인암 진단을 받고 수년째 항암치료를 이어오며 점차 악화되어 가는 환자들을 만나면 가장 많이 듣는 질문이다.

"이런 상황에서는 어떻게 해야 좋을까요?"

복잡한 임상 현장에서 간호사들이 던지는 질문이다. 그리고 나는 어떤 대답을 해야 할지, 무엇이 정답인지 고민하게 된다.

수간호사 1년 차 때의 일이다. 한 달 넘게 입원한 자궁경부암 말기 환자가 있었다. 나보다 한 살 어렸던 환자는 5살, 7살 아이를 둔 엄마였는데 점점 더 악화되어 가는 컨디션을 받아들이지 못하고 꼭 나아서 집에 가겠다며 퇴원을 강력히 거부하고 있는 상태였다. 호스피스 병원 전원 후 생애 말을 준비해야 할 시기임을 모두가 알고는 있었지만 기적 같은 희망을 바라고 있는 환자에게 차마 누구도 쉽게 말을 꺼내지 못했다. 그저 최선을 다해 돕겠다는 말만 이어나가며 하루하루 견뎌내고 있는 환자를 바라만 보고 있었다. 나와 비슷한 동년배의 환자가 안타깝기도 하고 엄마 손이 많이 필요한 어린 자녀들 이야기에 마음이 아프기도 하여 더 자주 환자를 찾아가서 이야기 나누려 노력했던 기억이 있다.

주 보호자는 어머니였는데 하루에도 두세 번씩 나를 찾아와 하소연과 눈물로 딸을 위한 정답이 무엇인지 질문을 쏟아내었다. 서울아산병원을 떠나는 순간이 곧 죽음이라 생각하고 제발 살려달라는 환자의 울부짖음 앞에서 간호사로서 내가 줄 수 있는 정답은 무엇일까? 죽음에 대한 두려움, 남겨질 어린 자녀들과 가족에 대한 미안함이 직면해야 할 현실 앞을 우두커니 막고 있는 듯 보였다. 건강했던 과거의 이야기, 가족 이야기부터 죽음에 대한 생각까지 대화를 나누며 환자는 조금씩 스며들 듯, 스스로 답을 찾고 있었던 것 같다. 환자는 오랜 고민 끝에 결국 집 근처 호스피스 병원으로 전원을 결정하고 퇴원하였다. 슬퍼 보이지도 기뻐 보이지도 않던 무표정 속에 두려움이 뒤섞여 스스로 가누지도 못하는 몸을 환자 이송 침대에 실었던 마지막 모습이 아직 생생하다.

퇴원 후 한 달쯤 뒤 병동으로 전화가 와서 꼭 수간호

사를 바꿔달라고 요청하신 분은 환자의 어머니였다. 환자는 집 근처 펜션에서 가족, 친척들과 모두 모여 잊지 못할 하루를 보냈다고 했다. 이후 호스피스 병원에 입원 후 일주일 뒤 가족들 품속에서 세상을 떠났다고 한다. 그동안 감사했다며 소리없이 눈물을 흘리시는 보호자에게 어떤 위로의 말을 건네야 할지 몰라 그저 이야기를 듣고 있던 나의 마음은 어느 때보다 무거웠지만 환자의 어머니는 그저 편안하게 느껴졌다. 그리고 1년 후, 2년 후 딸의 기일이 되면 병동에서 있었던 일들이 생각 나신다며 몇 차례 더 전화가 왔고 그때마다 나를 찾아 함께 나누었던 이야기를 되뇌곤 했다. 내가 알지 못하는 정답을 환자의 어머니는 이미 알고 있는 것 같았다.

나는 오늘도 환자와 간호사들에게 끊임없이 이야기를 듣고 질문을 받는다. 하지만 안타깝게도 내가 받은 많은 질문들 중 명쾌한 정답을 줄 수 있는 것은 거의 없다.

그저 우리는 열심히 하루를 버텨내고 있는 환자를 위해 최선을 다할 것이라는 말, 나의 부서원들이 힘들지 않고 행복하게 일할 수 있도록 노력하겠다는 말이 내가 줄

수 있는 정답일 때가 많다. 어쩌면 정답이 없기 때문에 간
호가 더 의미 있고 아름답게 느껴지는 게 아닌가 생각해
본다. 찾을 수 없는 정답을 끊임없이 고민하는 순간 우리
의 간호가 가장 빛나기 때문이다.

그럼에도 간호사로 살아가기

신입 간호사였던 몇 년 전, 내가 막 처음 경험했던 죽음은 검고 축축한 옷을 입고 있었다. 비가 오는 날이어서 더욱 그랬을 것이다. 나는 내가 무턱대고 좋아했던 그 환자를 생각했다. 당신은 의식이 가물거리는 상황에서도 내가 출근하면 내 이름을 다정하게 불러주었고, 손을 흔들어주기도 했고, 때로는 농담을 했다. 그는 옆에 계신 보호자를 가리키며 누구신지 알아보겠냐고 묻는 내 물음에 "누군지 모르겠다."라는 답변을 했고, 내가 놀라 눈을 깜빡이면 "농담이야. 예쁜 내 아내지."라고 웃으며 나를 놀리기도 하셨다.

그렇게 그 환자가 죽음을 앞두었던, 돌아가시기 전날 밤을 기억한다.

지속적으로 들어가는 진통제에도 통증이 조절되지 않아 일그러진 표정이 보였다. 새카맣게 어둠이 내려앉은 병실, 헐떡이는 숨소리에는 고통이 섞여있었다. 그저 물끄러미 서로 시선을 마주하고, 소변 백을 비우고, 도망치듯 병실을 나왔다. 몰래 손을 한번 붙잡았던 것 같기도 하다. 더이상 이 환자가 아프지 않게 해달라고, 속으로 삼켜낸 기도가 못내 아팠다. 내가 할 수 있는 일은 그것뿐이었다. 서러웠다.

퇴원하실 거라는 이야기에 보호자에게 며칠 전 건넸던 내 짧은 편지가 무안하게도 죽음의 소식을 들은 것은 그 다음 날이었다. 긴 오프로 여행 중이었던 나는 설렜던 마음을 잠시 접고 돌아오는 비행기에 몸을 실었다. 어찌연이 닿아 장례식장에 갈 수 있는 기회가 생겼다.

조의금 봉투에 이름을 어떻게 쓰는지도 잘 모르는 어리고 어리석은 사람, 그게 나였다. 정신없고 어리숙한 모양새로 장례식에 다녀왔다. 코로나19로 인해 장례식 풍경은 이전과는 사뭇 달랐다. 병원 생활 내내 보호자로 계셨던 아내분께서는 검은 상복을 입고, 지친 얼굴에 미소를 띄워 나를 반겨주셨다. 영정 사진으로 처음 보는 건강한 얼굴이 너무 찬란해서 눈물은 나오지 않았다. 짧은 인사와 서툰 위로, 고인에 대한 선연한 추억을 끝으로 장례식장 건물을 나왔다. 여전히 추운 공기 사이로 비가 내리고 있었다. 흘리지 않았던 눈물이 무색하게도, 장례식장을 나선 뒤에야 정신없이 울음을 토해냈다. 처음 겪는 담당 환자의 죽음 앞에서 꾸역꾸역 눌러 두었던 눈물이 산사태처럼 덮쳐왔다. 이제야 덮쳐 온 누군가의 죽음은 나를 견딜 수 없을 만큼 슬픔으로 떠밀었다.

사람이 좋아서 간호사가 되고 싶었다. 내가 모르는 인생들이 궁금했고, 그 아픈 인생의 한편에 짧은 장면으로 담기는 것은 어쩌면 의미 있을지도 모른다고 생각했다. 그렇게 사람을 쉽게 좋아하는 사람이어서, 그게 의미가 있어서 간호사가 되었다. 그제야 비로소 내가 앞으로 간호사로, 이곳에서 몸담고 살아갈 때, 무엇을 각오해야 하는지 알게 되었다. 결국 나는 내가 쉽게 좋아하게 된 사람들의 어려운 죽음을 늘 한편에 염두에 두고 살아내는 삶을 선택한 것이다.

물론 "건강하게 지내요."하며 찰나의 아쉬움을 감추고 미소로 손 흔들어주는 분들도 있다. 그러나 내가 지척에서 지켜본 우리네 삶은 동화가 아니라 현실이었다. 끈질긴 고통과 아픔 뒤에 모두에게 '건강하고 행복하게 잘 살았습니다.'로 해피엔딩만 주어지지는 않더라.

죽음 앞에서 그 시절보다 조금 더 초연해진 지금, 그럼에도 불구하고 누군가의 고통에 무뎌지지 않기 위해 노력한다. 나는 이곳에서 아직도 간호사로 살아가는 중이다.

사람을 향하는 나의 '간호'

간호사로서 몇 해를 살아가며 내가 이 직업에 보람을 느끼는 이유도, 어려움을 느끼는 이유도 사람을 대상으로 하는 직업이라는 걸 절감했다. 사람을 이롭게 할 수 있다는 자부심으로 일을 시작했지만 여러 순간을 겪으며 마음 한구석이 깎여 나간 듯했다. 악화되는 환자의 손을 잡고 울던 신입 간호사는 어느 새, 사망한 환자의 환의를 갈아 입히며 애도가 아닌 빠른 퇴근을 바라는 건조한 간호사가 되어있었다. 공허한 마음으로 꾸역꾸역 일하던 나는 우연히 <손미- 사람을 사랑해도 될까>라는 시를 읽게 되었다. '사람이 죽었는데 사람을 생각하지 않아도 될까? 사람이 죽었는데 계속 사람이어도 될까?' 시 구절은 이상(理想)의 모습을 잃은 나를 나무라는 것 같았다. 나는 스스로에게 실망했고 이 일을 그만두고 싶었다. 나는 내가 어떻게 일해야 하는지 갈피를 잃었던 것 같다. 그리고 얼마 뒤 다시 내 마음을 다잡는 계기가 있었다.

그 경험은 전립선암을 진단받은 자주 입퇴원을 반복하던 환자로부터 비롯되었다. 그 분은 내가 신입 간호사 시절 독립 전부터 꾸준히 뵀던 분이었는데 환자와 보호자가 나를 기억해서 매 입원 시마다 다시 만나서 반갑지만 이렇게 자주 만나면 어떡하냐며 농담 섞인 얘기를 나눴던 분이었다. 그러던 어느 날 급격하게 어눌하게 말하고 거동이 어려워지고 지남력도 없어지는 모습이 관찰되었다. 뇌전이가 의심되어 검사한 결과 뇌경색과 뇌출혈 소견을 보였다. 그 당시 나는 그 상황이 막연히 두려웠다. 그 때 나는 환자와 보호자에게 눈도 마주치지 못한 채로 필요한 내용들에 대해 설명했다. 수없이 추가되는 처방 속에서 당장 필요한 조치를 하기에도 바빴고, 내심 눈을 마주치면 내게 원망 섞인 이야기를 늘어놓을까 두려웠던 것 같다. 내가 해야 할 일은 내 앞에 놓인 처방을 수행하는 것이 우선이라고 생각했다. 모니터 부착, 활력징후 측정, 검사 준비, 채혈, 정맥 주사 삽입 등 각종 처치에 집중하며 일하다 검사

이송을 앞두고 시간 여유가 생겨 환자에게 다가갔다.

　　조용히 눈을 감고 있던 환자가 인기척을 느끼고 눈을 뜨셨다. 잠시 눈을 맞추고 가만히 쳐다보았는데 내게 대뜸 얘기하셨다. "미안해요." 그 말에 "왜 환자분께서 미안하세요?"라고 여쭤보니 "나에게 참 잘해 준 사람이라는 건 기억이 나는데, 누구인지 기억이 안나요. 나에게 참 잘해주었는데."라고 말하며 그 마른 손으로 내 손을 어루만지셨다. 보호자도 "나도 기억 못하는데 우리 간호사님이 잘해 준 건 기억하네. 너무 잘해줘서 그렇지."라고 웃으며 내게 고맙다고 얘기하셨다. 퇴근길에 나는 많이 울었던 것 같다. 나는 지레 겁을 먹고 그저 질환에만 집중하며 조치를 취했는데, 그분은 나를 사람으로 기억해준 게 죄송했다. 나는 그 때부터 다시 환자, 보호자들을 사람으로 바라보게 되었다. 그들의 입장에서 그 상황들을 생각해보고, 어떤 도움을 줄 수 있을지 고민하게 되었다.

나는 나의 노동의 대상이 언제까지나 '사람'이었으면
한다. 진단명이 아닌 사람 자체가 내 간호의 목표이길 바란
다. 아픈 사람을 상대하는 직업이라 악취 나는 분비물을 치
워야 하고, 힘을 못쓰는 그들을 지지하거나 들어올리는 일
을 하다 보면 '육체 노동자'로서 몸이 고달플 때가 많다. 끝
도 없이 요구하는 해결 불가능한 요청들과 감당하기 어려
운 폭력적인 언어를 듣고 있자면 '감정 노동자'가 된 것 같
아 눈물을 훔치곤 한다. 때때론 내가 하는 간호가 다른 의
료적 행위와 비교하면 하등 작은 것이 아닐까 하는 생각에
주눅이 들기도 한다. 그래도 나는 나의 간호가 조금이라도
환자와 보호자분들께 도움이 되었으면 좋겠다. 가장 가까
운 거리에서 작은 어려움이라도 발견하고, 쉽게 지나칠 수
있는 사소한 것에도 위로를 제공하고 싶다. 환자들과 눈을
마주치고 웃으며 대화하고 싶다. 누군가에겐 너무 당연한
'사람다운 삶'을 뺏긴 환자, 보호자들이 다시 이전의 삶을
꿈꿀 수 있도록 도움을 주고 싶다. 그것이 나의 진정한 직
업적 소명이라고 생각한다. 앞으로도 나의 간호는 '사람'을
향할 것이다.

나의 응원이 닿기를

감마나이프 방사선수술센터에서 근무한 지 이제 7년이 되어간다. 감마나이프수술은 뇌전이암을 치료하는 방사선수술로 종양내과 말기 암 환자들이 수술을 받고 있다.

2019년 소세포암 진단을 받은 60대 남자 환자를 처음 만났다. 환자는 센터를 들어오는 순간부터 수술에 대해 걱정이 많았다. 감마나이프 수술 시 프레임으로 머리를 고정해서 진행하는데 이마와 뒤통수에 나사를 고정하는 과정이 있기 때문에 환자들은 항상 두통과 압박감으로 많은 불편감을 느꼈다. 환자가 지속적으로 질문을 하고 불안해했기 때문에 나는 환자가 안심할 수 있도록 프레임 적용하는 과정을 자세히 설명하고 충분히 진통제를 투약할 예정이라고 얘기해주었다. "OOO님. 제가 계속 옆에 있을게요. 너무 불안해하지 마세요. 그리고 통증 때문에 힘들면 바로 얘기해주세요. 제가 교수님과 상의해서 진통제를 더 드릴 수 있도록 처방 받아 두었어요. 진통제는 많으니 걱정하지 마세요." 그날 3시간의 긴 수술을 마치고 오후 6시가 다 되어 퇴원할 때까지 나는 환자가 불편하지 않도록 최선을 다해서 간호했다. 그리고 6개월 뒤 다른 부위에 뇌전이가 생겨 다시 오셨다. "OOO님 안녕하세요. 전에 긴 시간 동안 너무 힘드셨죠? 집에 가셔서 많이 힘드시지 않으셨나요?" 라고 물어보았다. "너무 잘 지냈어요. 황 선생님이 옆에서 챙겨 주시면 이번에도 저 잘할 수 있을 것 같아요."라고 대답 해주셨다. 그 후로도 6개월마다 계속 뇌전이가 발생하여 환자는 센터를 방문했고 퇴원할 때마다 우리의 인사는 다음과 같았다. "이제 저 얼굴 보러 오시면 안돼요. 외래로 교수님 얼굴만 보러 오세요. 이제 정말 머리에 더 안 생겼으면 좋겠어요." 환자는 항상 대답 없이 웃을 뿐이었지만 그도 맘속으로 그렇게 되기를 바랐을 것이다.

2023년 9월 초, 10번째 감마나이프치료를 예약하러 오셨다. 그날 환자는 다른 어느 때보다 컨디션이 너무 좋아 보였다. 우리는 수술 날짜를 논하기 전, 그동안 부부가 행복하게 여행 다녀온 일, 사소한 일상생활들을 나누며 반가워했다. 하지만 한 달 뒤, 10월 26일, 환자는 의식이 흐려지고 팔다리를 움직이지 못했으며 한 달 만에 다른 사람이 되어서 센터를 내원했다. 9월 말에 코로나19에 걸린 후 몸이 급격히 안 좋아졌다고 했다. 수차례 응급실을 내원하며 보호자는 지칠 대로 지쳐있었다. 이제 환자는 보호자도 알아보지 못했으며 간신히 눈만 뜨고 있는 상태였다. 환자 머리에 프레임을 고정하는데 환자가 계속 움직여서 씌우지 못하고 있었다. 다른 환자를 보고 있던 나는 바로 환자 옆으로 다가가 귀에 대고 말을 걸었다. "OOO님 저 황 간호사예요. 지금 너무 아프시죠. 조금만 참아주시면 금방 끝날 거에요. 항상 잘 하셨잖아요. 조금만 참아주세요." 환자는 나의 말에 반응을 보였고 몸을 움직이지 않고 잘 참아주었다. 기대하지 않았지만 놀라웠고 고마웠고 감동스러웠고 미안한 마음뿐이었다. 말도 못하고 눈도 제대로 맞추지 못하지만 나의 목소리에 반응해주는 것이 너무 고마웠다. 환자는 수술실 직원들과 함께 검사실로 이동했다. 잠시 뒤 허탈한 마음으로 자리를 정리하는데 보호자가 빵을 사가지고 왔다. 바빠도 식사 거르지 말라며 접수대 직원에게 맡기고 간 것이었다. 그 빵을 보고 다시 속에서 울컥함이 느껴졌다.

2023년 12월의 어느 날, 익숙한 핸드폰 번호로 전화가 왔다. 반갑게 인사를 건네었으나, 대답 없이 보호자는 울기만 했다. "선생님 이제 그 사람 하늘나라 갔어요. 고마웠어요. 인사하고 싶어서 전화했어요."라고 했다. 난 1분간 아무 말도 하지 못했다. "잠깐 기다리세요. 정 간호사님 불러 드릴게요."라고 말하고 자리에서 일어났다. "정말 고생 많으셨어요."라고 얘기를 하고 싶었지만 그 얘기를 하면 눈물이 터져서 일을 못할 것 같았다. 정 간호사에게도 보호자는 "고마웠다. 덕분에 잘 견딜 수 있었다."라는 말을 전했다고 했다.

2023년 한 해도 많은 말기 암환자들이 감마나이프 수술을 받고 가셨다. 암으로 인한 통증, 예후에 대한 불안감, 가족들의 고통, 지속되는 병원 치료로 인해 환자들은 힘들 수 밖에 없다. 내가 그 모든 것을 해결해 드릴 수는 없지만 그 고통 속에서, "당신의 치료를 위해 제가 옆에서 힘이 되어 드리겠습니다. 함께 하면 우리 이번 어려움도 잘 이겨낼 수 있을 겁니다."라고 옆에서 응원해 드리고 싶다. 환자에게 따뜻한 말 한 마디 더 건네주고, 한 번이라도 더 따뜻하게 웃어주고, 따뜻하게 손잡아 준다면 끝이 보이지 않는 병원 생활에서 작은 위로가 될 수 있다고 생각한다. 오늘도 힘내세요! 여러분, 함께 하면 이길 수 있습니다.

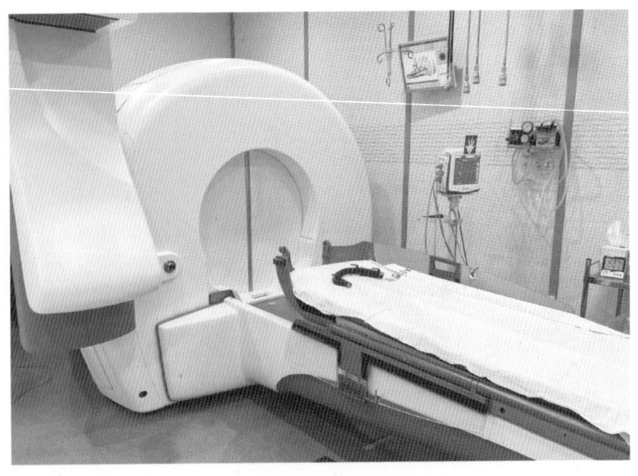

두 번째

숨을 몰아 쉬는 이유

2주 동안 응급실에서 근무하다가, 오랜만에 다시 고압산소치료실 지원을 가게 되었다. 선배 간호사들로부터, 내가 고압 산소 챔버에 들어갈 오후 세션에 산소흡입에 굉장히 민감한 환자가 있다고 인계를 들었다. 챔버 내, 산소 흡입이 잘 된다고 생각하는 자리를 찾아 그 자리에만 앉으려고 하고, 산소 독성의 부작용 위험이 있으니, 천천히 숨을 쉬도록 교육했음에도 굉장히 산소를 몰아쉰다는 것이다.

내가 참여할 오후 세션에는 난청 환자 4명, 당뇨발 환자 1명이 함께 챔버에 들어갔다. 모두 귀에 대한 불편감 없이 압력 평형을 마치고, 고압 산소 치료를 시작하였다. 민감한 환자는 확실히 마스크에서 산소가 전혀 새어나

가지 않도록 마스크를 꽉 붙잡고 들숨과 날숨을 쉬고 계셨다. 내가 챔버 내에서 상대적으로 멀리 떨어져 앉아있어도, 산소마스크에 연결된 산소 줄에 산소가 들어가는 소리가 크게 들렸다. 그 환자 분은 확실히 산소를 너무 몰아 들이마시는 모습이 보였지만, 동시에 난청 치료에 조금이라도 도움될 수 있을까, 힘차게 들이마시는 처절한 모습도 같이 보였다. 다른 환자들은 약 124분의 치료 시간 동안, 책을 가지고 들어와서 산소마스크를 하면서 책을 보는데, 그 환자는 책 볼 여유조차 없었다. 조금이라도 산소를 들이마시기 위해 마스크를 잡고 애를 쓰고 계셨다. "조금 천천히 들이마시고 내쉬면 좋을 것 같아요" 말을 건네고 환자 상태를 자주 지켜보기로 하였다.

산소 치료 30분이 지나고 10분의 휴식이 주어졌다. 난청 환자 중 다른 한 분이 본인은 서울에 있는 고압산소치료를 받기 위해 충청도에서 매일 버스를 타고, 서울로 올라온다는 것이다. 그런데, 오늘 아침 식구들과 이야기를 하는데, 안 들리던 왼쪽 귀가 소리가 들리기 시작했다고 절로 웃음이 나온다는 것이다. 그 순간, 나는 돌발성 난청인 환자들의 경우 갑자기 잘 들리던 귀가 안 들리는 상황이니,

얼마나 다시 듣기가 간절하고, 그만큼 이 고압 산소의 2시간이 그분들에게는 '하루하루 기다려지는 시간일 수밖에 없겠구나'라는 생각이 들었다. 나에게는 똑같이 반복되는 이 2시간의 시간이 어느 누구에게는 안 들리던 청력이 돌아오고, 당뇨 발로 절단 위기에 놓여있는 상황에 염증과 상처 치유가 되어 그 위기를 막아주는 시간이 될 수 있는 것이다. 환자들에게는 나와 같은 이 시간이 인생의 전부가 될 수 있겠구나 하는 생각이 들었다. 그래서 다시 한번, 내 반복되는 일상에 너무 녹아 들어 환자들의 상황을 잊지 말자고 다짐했다. 응급실에서는 당장 환자의 상황이 좋지 않는 경우가 많지만, 상대적으로 고압산소치료 대상자들은 거동과 의사소통이 모두 가능하신 분들이라 그분들의 상황을 잊는 경우가 많다. 그렇기에 조금 더 열심히 하여 아프지 않았던 상태로 돌아가고 싶은 마음이 더 클 수 있을 것이라는 생각이 들었다. 고압 산소 치료의 응급적응증이 아니더라도, 거기서 치료받는 환자들은 그 2시간이 정말 중요하고, 챔버에 함께 들어가있는 간호사인 나도 그 부분을 잊지 말아야겠다는 생각을 했다. 그래야 옆에 있는 간호사로서, 그 환자에게 조금이라도 더 산소를 흡입할 수 있게 최선을 다하는 간절함을 가질 수 있을 것 같다.

우리의 밤은 당신의 낮보다 아름답다

여느 때와 다름없는 나이트 근무였다. 연명의료계획서*를 작성한 폐암 환자가 증상이 계속 악화되다 잠시 나아져 인공호흡기를 제거하고 병동으로 전동 갈 계획까지 세우고 있었다. 인수인계 받자마자 환자는 새빨간 피를 인공호흡기와 연결된 관을 통해 계속 토해내고 있었다. 흡인하면 바로 회복되는 산소포화도 수치를 보며, 환자의 손을 잡고 얘기했다. "OOO님 어제는 많이 못 주무셨다고 하셨죠? 제가 오늘 밤에 잘 주무실 수 있게 해드릴게요! 자리 정리를 해드리고 곧 어둡게 불도 꺼 드릴게요. 만약 잠이 안 오면 수면제를 추가해달라고 요청할게요."

---

* 연명의료계획서: 말기환자 또는 임종과정에 있는 환자가 연명의료의 유보 또는 중단에 관한 의사를 남겨 놓은 것

두 번째

하지만, 밤새 불을 끄지 못하고 환자가 힘들지 않게 10분, 15분마다 흡인을 하고, 담당의에게 보고하여 흉부 X선 검사, 투약을 했다. 인공호흡기와 환자 모니터는 환자가 위험하다고 계속 알람을 울려 대었다. 숨을 쉬기 힘들어 땀을 뻘뻘 흘리는 환자의 손을 잡고 침대 시트를 다 적실 만큼의 땀을 쏟아내는 환자에게 땀을 닦아주고 숨을 정말 잘 쉬고 있다며 안심시켰다.

환자의 의식이 명료해서 더 마음이 아팠다. 인공호흡기로 의사소통이 어려웠던 환자는 내 손바닥에 자신의 손가락을 이용해서 글자를 썼다.

'수면제 주세요'

"혹시 핏 덩어리가 기도를 막고 있는지 확인하기 위해 기관지 내시경 검사 예정이에요. 정말 힘드시겠지만 아직 주무시면 안돼요."

응급 기관지 내시경 검사가 진행되었고, 환자의 종양 악화로 한쪽 폐가 완전히 막힌 것을 확인했으며, 담당의는 환자에게 가망이 없다고, 그 이상을 진행해도 소생의 기적이 일어날 확률은 정말 낮으며, 굉장히 힘들 거라고 연명의료와 관련된 의사에 대해 재확인하였다. 가족에게 연락하고 나는 내시경 내내 흘린 땀과 눈물을 닦아주러 환자에게 갔고, 환자는 굉장히 떨리고 축축한 손으로 글자를 적었다.

'수면제'

"가족분들이 오고 있어요. 정말 오늘 힘드셨겠지만 가족 분들은 보셔야죠. 이미 병원에 계셔서 금방 올라올 거예요. 이렇게 땀을 흘릴 정도로 힘드신 거 제가 다 봤는데 조금만, 우리 조금만 힘내보아요."

'안락사'

'편하게 죽고 싶어요'

"OOO님. 가족분들 보셔야죠."

그러곤 밖에선 보호자 분들이 오셨다는 말을 해주었고, 밤새 환자와 우리가 죽음과 열심히 싸웠던 증표인 땀과 피로 얼룩진 환의를 갈아 입혀드렸다. 보호자들을 부르기 직전 환자가 나에게 손짓을 했다. '안락사' 라고 쓴 종이를 집으며 쓰레기통을 가리켰다. "이것 버릴까요?"라고 물으니 환자는 종이를 손으로 가리키며 구기라는 손짓과 쓰레기통을 차례로 가리켰다.

“가족들이 내용을 보지 못하게 하고 싶으신 거예요?” 물었고 환자는 끄덕였다. 환자가 원하는 것처럼 가족들이 내용을 보지 못하게 종이를 잔뜩 구겨서 버렸다. 그리고 마지막 면회를 진행했다.

새벽 내내 울리던 알람이 조용해졌다.

나는 환자와의 약속을 지켰던 걸까? 나는 그분의 삶을 잘 모른다. 그러나, 마지막까지 슬퍼할 가족을 위해 자신이 남긴 마지막 글자를 버리라는 그 환자의 따뜻한 마음을 알고, 마지막까지 흘린 땀들이 얼마나 차가웠는지 알고, 남겨진 가족들이 사랑했노라고 다음 생엔 아프지 말게 태어나라고 해줬던 따뜻한 말을 알며, 면회 이후 자신의 뜻이 이뤄지며 편하게 단잠을 자는 듯한 환자의 표정은 알고 있다. 간호사는 초승달에서 보름달로 달이 차오르듯 환자에게 희망과 밝음을 줄 수 있는 사람이기도 하지만 환자의 찬란한 만월이 끝나고 생의 그 끝자락에서 가슴 뭉클한 그믐 또한 함께 감내해주는 사람이 아닐까 싶다.

오늘, 우리의 밤은 당신의 낮보다 어두웠지만 아름다웠다.

내가 행하는 것의 의미

3년 차 간호사로 요즘에서야 내가 행하는 간호의 의미를 찾고 있다. 고된 직업이라 생각되는 '간호사'와 '백의의 천사'라는 기대감 사이에서 내가 환자를 위한 간호를 하고 있는지, 환자를 업무 자체로 생각하고 있지 않은지 고민의 시기를 지나 그 모든 것들이 간호임을 느끼며 매일, 매순간 정진하고 있으며, 최근 보람을 느끼는 순간도 많아지고 있다.

기관절개관을 가지고 있는 환자에게 자세 변경을 해주자 엄지를 들어올려줄 때, 체외막산소요법(ECMO)[*]를 유지한 채 전원 온 첫날부터 담당했던 환자가 산소 공급이 없는 상태로 일반 병동으로 전동갈 때, 섬망과 우울감으로 "죽고 싶어요"라는 필담을 적은 환자를 위해 담당의와 적극적 상의하여 정신건강의학과 협진이 이루어질 때, 보호자 설명 시, 내일도 담당간호사가 나였으면 좋겠다고 말해줄 때.

임상에서 수많은 시간을 지내온 선배 간호사에게는 수없이 겪어온 일이겠지만, 풋내기 간호사인 나에겐 이러한 사소한 에피소드들이 매일을 버틸 수 있는 소확행(소소하지만 확실한 행복)인 것 같다.

그럼에도 중환자실이기에, 가슴이 먹먹한 순간들도 더러 있다.

---

[*] 체외막산소요법(Extracorporeal Membrane Oxygenation): 기존의 치료법에 의해서는 교정되지 않는 중증심부전 혹은 기존의 인공호흡기 치료만으로는 생명유지가 불가능한 중증급성호흡부전 상태의 환자에 대하여 특수한 기계장치를 이용하여 인체 밖에서 심폐기능을 보조하는 체외순환장치

직업이 택시기사였던 장기 재원 환자가 가족과의 영상통화를 위한 휴대폰을 소중히 간직하고 있었는데, 그의 핸드폰에서 택시기사를 위한 지도 어플리케이션을 볼 수 있었으며, 낡고 고장이 나서 흐릿해진 스마트폰 화면도 눈에 들어왔다. 내가 간호하던 환자들은, 누군가의 '가족'이며, 치열하게 열심히 살아왔던, 나와 같은 평범한 일상을 누리던 사람이었다. 환자의 임종 시 울부짖던 보호자들의 모습이 아직도 기억 속 선명하다.

한번은 갑자기 발생한 심정지로 체외막산소화장치를 삽입한 20대 남성 환자가 중환자실로 내려왔다. 호전이 없자 결국 보호자 동의를 얻어 추가적인 치료를 중단하기로 했는데, 임종 면회를 위해 들어온 환자의 어머니가 처음에는 일어나라며 호통을 치더니 이내 소리 내어 울기 시작했다. 나와 비슷한 또래였던 그 환자도 집에서 귀여움을 독차지하던 아들이었을 텐데..

가족을 잃는 비통함은 감히 상상할 수 없지만, 예상하지 못한 순간에 찾아온다면 더욱 마음이 저밀 것이고, 그러한 상황에서 의료진으로서 환자를 살려낼 수 없다는 무력감이 많이 들었다.

부끄럽게도 환자의 상태가 악화되면 버거워하고, 섬망 환자를 보며 힘들어 한숨만 내쉬었던 순간들이 생각났다. 분명 소중한 존재들인 환자들을 돌보는 것이 얼마나 가치 있는 '나의 일'인지 알지 못했다. 이를 느낄 겨를조차 없었던 때는 몸과 마음이 힘들고 보람도 얻지 못했다. 그러나 이제는, 깨달은 바를 바탕으로 내가 행하는 것의 의미를 찾아가며 스스로도 행복해지고, '좋은 간호'를 실천하는 길에 한걸음 더 가까워지고 싶다는 생각을 하는 요즘이다.

죽음은 존엄과 함께

[잊지 못할 2020년, 격리병동의 100일 기록 中]

코로나19 격리 병동에 있는 100일 동안 수많은 심폐소생술 거절(DNR) 환자들을 보았다. 환자들이 임종에 이르기까지 무엇을 더 해줄 수 있는지 고민하게 되는 시간이었다.

하루 종일 아빠의 손을 잡고 말을 걸던 딸, 평생을 같이 살았던 할아버지의 죽음을 앞둔 할머니, 복수가 가득 차서 기저귀를 차고 시간마다 마약성 진통제를 맞으면서 딸에게는 잘 있다고 말하던 아버지, 할아버지가 퇴원을 원한다고 하니, 그러면 조금 더 빨리 보내주는 거지? 하시며 눈물을 닦던 할머니까지. 스스로 치료를 중단하는 동의서에 서명하고, 하나뿐인 가족의 죽음을 기다리는 일은 얼마나 힘들고 가슴 아픈 일인지 상상조차 할 수 없었다. 해줄 수 있는 것은 가족들이 원하는 대로 진통제를 조절해주고, 욕창이 생기지 않게 자세를 바꿔주고, 처방된 약을 투여하는 등 적극적인 처치는 하지 않고 하루하루 환자가 더 편할 수 있게 해주는 것들이었다.

나는 손이 많이 가는 환자가 더 좋다. 여기서 좋다는 건, 신경이 아주 많이 쓰인다는 뜻이다. 그 사람이 조금 덜 아프면 좋겠고, 내가 무언가 해주는 것으로 인해 더욱 편안해지기를 바란다. 그 환자가 불편한 이유가 너무 궁금하고, 어떤 처치를 해주었을 때 더 나아질지 고민하는 시간들이 좋다. 그런 점에서 격리병동에서 일한다는 것은 늘 새롭다. 새로운 경험을 하고, 또 그 경험에서 배워간다. 간호란 이렇듯 끊임없는 수업이며 배움의 연속이다. 환자를 통해서 배우고, 또 함께 일하는 동료로부터 배운다. 내가 미처 발견하지 못했던 것과 알지 못했던 것을 미리 경험해본 사람들에게 배우고, 부족함을 느낄 때 더 발전할 수 있다. 이 곳에서 그 동안 보지 못했던 다양한 환자들을 보며, 세상에는 정말 수많은 종류의 개인, 가족 또 그들의 삶이 있다는 것을 알았다.

내가 누군가를 간호한다는 건 그들이 아픔으로 인해 생긴 모든 문제에 아주 깊게 관여하게 된다는 것이다. 개인의 삶, 사랑, 사람 사이 어느 곳 하나 간호사의 손길이 닿지 않는 곳은 없다. 한 보호자는 "이렇게 옷을 입은 사람들을 여기 오기 전에는 무서워했을 텐데, 지금은 너무 보고 싶고 비슷한 옷을 입은 사람들을 보면 여기가 그리워졌어요. 그리웠다고 하면 웃긴데 진짜 그립더라구요."라고 했었다. 정말 나쁠 수 있는 격리병동에서의 기억도 그리워질 수 있게 하는 것이, 바로 여기서 우리가 하는 간호가 가진 힘인 듯하다.

🌿 **조수진** ┃ 외과간호1팀 102S Unit

당신에게 보내는 편지

안녕하신가요?

당신을 만나러 가는 길은 늘 설레지만은 않지만,

그래도 나는 더 나은 오늘을 기대하며 또 걸어갑니다.

매일 비슷한 하루 같지만, 또 매일 새로운 일들이 생기고,

무수히 많은 희로애락속에서 이 곳은 여전히 빠르게

흘러가고 있습니다.

벌써 10년이 지났네요.

종종 이렇게 계속 간호사 일을 하고 있는 이유를 물어보는

사람들이 있습니다.

이 일이 재미있고, 좋아서 하다 보니 시간이 지나갔다고

대답을 하지만,

돌이켜 보면 매일 행복했었다고 말하기는 어려울 것 같네요.
눈물겹게 행복하고 즐거웠던 순간들도
눈물 나게 힘들었던 순간들도 모두 다 지나가더라구요.
그런 순간순간들 속에서도 나는 당신의 말을 기억하고
있습니다.

“간호사님은 이미 좋은 간호사이지만,
앞으로 더 좋은 간호사가 되실 거예요.”
나는 지치고 힘든 순간순간
당신의 말을 떠올리며, 다시금 힘을 냅니다.

그래도 잘하고 있고,
잘 해낼 수 있을 거라고 다독이며 다시 일어납니다.
그게 제가 오늘도 이곳에 있는 이유겠지요.

어제와, 오늘과, 내일의 당신에게
또한 나 자신에게도 부끄럽지 않은 모습으로
이 곳에서 즐겁게
나는 내가 할 수 있는 최선을 다하고자 합니다.
그렇게 나는 오늘도 당신을 만나러 갑니다.

간호의 힘

간호사님,
그동안 감사했습니다

간암으로 입원한 60대 남자 환자.

첫 진단이었지만, 암이 진행된 상태로 복수 증가, 황달 악화로 입원기간이 길어지게 되면서 환자는 전신 쇠약도 심해져 갔고, 통증도 발생하여 힘들어하는 모습을 보였다.

그때마다 통증이 어떤지, 진통제가 필요한지 지금 가장 힘든 게 뭔지 여쭤보기도 했지만, 환자는 한결같이 묵묵하고 무던한 표정으로 그저 "괜찮습니다."라고 대답했다.

어느 날 환자는 오전 중에 식도정맥류 출혈로 인해 응급처치를 시행한 상태였고, 내가 출근해서, "많이 놀라셨죠, 힘드시죠?"라고 하니, 환자는 "갑자기 울렁거려서 토했는데, 피가 나오더라구요. 지금은 괜찮습니다."라고 또 괜찮다는 말만 하였다.

그 후 일주일 뒤 환자는 앞으로 임종이 한 달도 채 남지 않았다는 의료진의 얘기를 듣고 호스피스 병원으로의 전원을 결정하게 되었다. 전원을 준비하는 그날 저녁, 담당간호사인 나는 그 어떤 환자보다 진심을 다해 간호했던 환자였지만, 어떠한 말을 전해야 할지 참 어렵고, 아픈 마음에 애써 담담히 전원 준비를 마치고 2인실 병실에서 나오는 길이었다.

그때 환자의 말이 발걸음을 멈추게 했는데, "간호사님, 그동안 감사했습니다."였다. 그러던 환자는 "바쁘시겠지만 제 얘기 좀 들어 주실래요? 가슴속에 담아두었던 말을 해드리고 싶어서요."라며 말을 시작하였다. 2년 전 대장암으로 서울아산병원에서 짧은 투병생활을 하다 먼저 세상을 떠난 간호사였던 아들이 있었고, 아들을 지키지 못한 죄책감으로 지내다가 어느 날 자신도 암에 걸렸다는 판정을 받고 나니, 오히려 아들을 먼저 보낸 자신의 마음의 짐을 덜 수 있었다고. 이제는 하늘나라에서 아들을 볼 면목이 있게 되었다고 말하였다. 그리고 지금쯤 저와 비슷한 나이가 되어 병원에서 일하고 있었을 간호사인 아들을 생각하면서 본인에게 최선을 다한 간호와 위로에 대해 진심으로 고마웠고 잊지 않겠다고, 하염없이 눈물을 흘리며 가슴을 치면서 말하였다.

그리고 환자의 보호자인 배우자는 아들이 치료받던 병원과 병동에 가서 선생님들 얼굴을 뵈면 덜 그리울 것 같아 가끔 가보고 싶어 마음을 굳게 먹어봐도 아직은 가슴이 너무 아파서 지나가지도 못하고 있지만, 서울아산병원에서의 남편의 투병 생활은 따뜻했고, 행복한 감정과 긍정적인 기억이 가득하다며, 이런 기억으로 남겨준 나에게 고맙다고 손을 잡은 채 하염없이 눈물을 흘렸다.

그분들에게 나는 어떠한 위로도 할 수 없고, 그저 손을 잡고 함께 눈물을 흘릴 수 밖에 없었지만, 그날의 그 기억과 경험은 내 가슴에 평생 남는 한 부분이 되었다. 또 간호란 무엇일까 그 본질에 대해 깊이 생각해 보게 되는 시간이었다. 또한 어떤 표현도, 말도 잘 하지 않는 환자이지

만, 마지막 자신의 힘든 이야기를 꺼내준 환자의 마음을
생각하니 고맙기도, 마음이 무겁기도 하였다.

　때론 환자에게 정말 필요한 간호는 그들의 살아온
인생을 들어주고 공감하고, 위로하는 것이 아닐까? 그리
고 그 진실된 간호를 통해, 오히려 내가 위로 받고, 힘을
얻게 되는 것 같다.

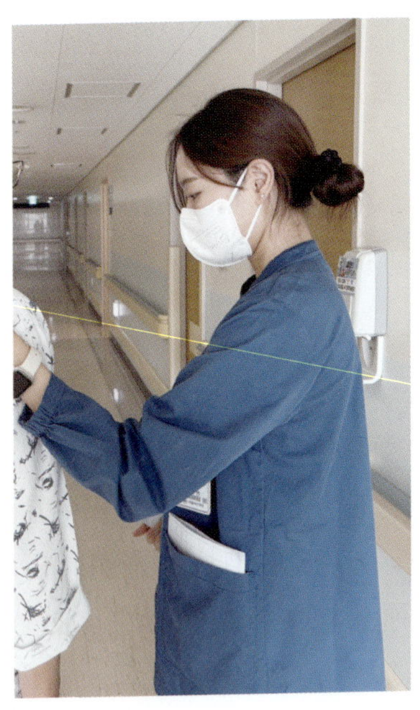

세 번째

기적은 있다 완치도 있다

　내가 일했던 혈액내과 병동은 특별함이 있다. 고등학생부터 할머니, 할아버지까지 다양한 연령대의 환자들이 한 달 이상의 입원 기간을 반복적으로 함께하며 전우애가 형성되어있다. 환자들의 공통점은 머리카락이 없다는 점이다. 원해서 지원한 부서였지만 환자들이 주는 시각적 이미지는 신입 간호사인 나를 주눅들게 했다. 장기 입원 환자가 많아 모든 것에 빠삭했던 환자들은 신입 간호사를 배려하기보다는 거부하는 경우가 많았다. 시간이 지나면서 환자들의 숨겨진 매력에 흡수되기 시작했고 모든 관심과 따뜻함이 느껴지기 시작했다. 치료와 면역 저하로 사회생활이 어려운 환자들의 관심이 간호사로 향하는 건 어찌 보면 당연한 일이었다.

그렇게 시간이 지나, 나도 경력 간호사가 되었다. 이브닝 팀리더 업무를 하던 중 6인실 공상으로 응급실에서 30대 중반의 여자환자가 급성백혈병 의심으로 배정되었다. 병동에 도착한 환자의 첫 마디, "선생님 저 젖 좀 짜게 해주세요. 가슴이 너무 아파요."

늦은 결혼에 낳은 첫 아들을 출산 후 젖도 떼지 않은 상태에서 진단받은 백혈병, 의료진은 백혈병이 급하지만, 단유도 하지 못하고 온 엄마는 가슴에 차오르는 모유때문에 생긴 젖몸살이 더 힘들었다. 나는 상담실의 문을 잠그고 유축기로 젖을 짤 수 있도록 공간을 제공해주었다. 안타깝게도 환자는 결국 급성전골수성백혈병을 진단받았다. 백혈병에는 여러 종류가 있고 어느 하나 위험하지 않은 백혈병은 없지만 해당 백혈병은 어느 백혈병보다 출혈 위험이 많은 백혈병이기도 했다. 다만, 다른 백혈병보다 초기 치료가 잘되면 완치가 잘되기도 하는 양면성을 가진 백혈병이었다. 그래서 환자들이 간호사들에게 나을 수 있냐는 질문을 하면 그래도 완치율이 높으니 힘을 내라고 얘기해주는 병이기도 했다. 문제는 출혈. 특히 치료 중 뇌출혈이 생기는 경우 혈소판 수치가 너무 낮기도 해서 수술은 엄두도 못 내고 사망하는 일이 비일비재한 병이었다.

　　관해 유도 요법*을 시작하고 얼마 안되어 안타깝게도 뇌출혈이 생기고 말았다. 여느 환자와 마찬가지로 수술도 못하고 치료실에서 삼투성 이뇨제를 투여하는 등의 대증요법을 하며 버티기를 할 수 밖에 없었다. 다행히 환자는 목숨은 건졌지만, 전체 편마비가 왔고 인지 장애로 어린 아이처럼 굴며 체온 조절도 잘 되지 않아 남편과 남동생에게 하루 종일 부채를 부치라며 보챘다. 환자의 완치를 위해서는 경구약을 하루에 7-8정을 투약해야 하는데 약을 주면 물만 마시고 약은 메롱하며 뱉어 내버려서 간호사들은 종일 환자 약을 투약하느라 애를 썼다. 모두들의 노력 덕분에 백혈병은 완치되었고 재활을 위해 공 주무르기, 뜨개질도 해보았지만 뇌출혈 합병증은 큰 차도를 보이지 못했다. 환자의 재활을 위해 옆 병동인 73병동으로 전동했다.

　　출근하던 어느 날 환자리스트를 빤히 보고 있는 남자분이 한 분 계셨다. 바로 그 환자의 남편이었다. 환자 없

---

* 관해 유도 요법: 관해(백혈병 세포를 없애 정상적인 혈액을 만들어내는 상태)를 유도하는 요법

이 리스트를 보고 있기에 환자의 안부를 묻자 놀라운 답변
이 돌아왔다.

"환자는 병실에 다른 환자들한테 인사하러 갔어요."

바다가 갈라진다는 말보다 더 놀라운 답변이었다.
환자는 꾸준한 재활로 완벽하진 않지만 걷게 되었고 인지
장애도 모두 극복한 상태였다. 백혈병 환자의 뇌출혈은 사
망이라는 공식을 깨고 환자는 완치가 되었다.

병동에서의 12년간의 근무를 마치고 외래로 이동하
게 되었다. 하루는 진료 후 설명을 하고 있는데 어딘가 익
숙한 환자 과거력. 병동에서 본 환자 중 가장 기적이라고
생각했던 그 환자였다.

"전 진짜 환자분이 기적이라고 생각했어요. 이렇게
건강하게 지내시는 걸 보니 너무 좋아요."라고 말하는데
눈물이 펑펑 쏟아졌다. 환자의 어깨를 잡으며 치료 기간에
있었던 이야기들을 나누었다. 다행인지 모르겠지만 환자
는 병원생활에서의 기억은 뇌출혈 때문에 거의 기억이 나
지 않는다고 하셨다.

　　병동에 있는 후배들은 외래로 근무지 이동한 나에게 늘 물었다. 정말 치료를 받고 잘 지내는 환자가 있는지를. 첫 진단을 받고 병동에 입원한 환자들은 이식 후 힘들어 하는 환자, 재발하여 다시 치료받으러 온 환자, 패혈증, 출혈로 사망하는 환자들을 보며 늘 불안감을 갖는다. 그때마다 간호사에게 완치의 희망이 있는지를 물어보면 간호사들은 "힘내라." 말을 한다. 간호사들끼리는 진짜 완치가 있냐는 이야기를 자주 나눈다. 신규 간호사 때 두 번 찔러도 괜찮다며 선뜻 팔을 내어주던 환자는 병실에 있던 가족사진의 꼬마였던 딸이 아이돌이 되었다며 자랑을 하고, 두 번의 이식으로 우울증을 겪던 청년은 우울증 극복을 위해 만들던 레고로 브릭아티스트가 되어 TV에 나오기도 했다. 입원할 때부터 외모가 남다르던 환자는 뷰티 유튜버가 되어 암환자를 위해 화장품을 기증하기도 하고, 간호사들 고생한다며 농심에 사연을 써서 병동으로 보노보노 스프를 보내주었던 환자는 바리스타가 되어 입상을 했다는 소식을 전했다. 이식 후 무혈성괴사로 다리까지 절단했던 환자도 동사무소에 취직했다며 음료수를 사오기도 했다. 투병생활을 책으로 써낸 환자는 서명한 책을 주며 덕분에 청년들에게 희망을 주는 강사가 되었다고 감사 인사를 한다.

그 외에도 각자의 자리에서 일상을 잘 살아나가는 환자들이 거기, 1층에 많이 있었다. 나는 이제 환자에게도 후배 간호사들에게도 확신을 갖고 말해줄 수 있다. 기적도 있고 완치도 있다.

나는 그래도 씩씩한
신경외과 중환자실 간호사

데이 근무 시작부터 CT 검사가 예정된 환자 A, 중환자실과 병동을 여러 번 왔다 갔다 하셨던, 기관 내 삽관과 발관을 반복하며, 지속된 상태 변화로 인해 몸과 마음이 많이 지쳐있는 환자 B, 전날 수술을 마친 뒤 오후 입실 이후부터 쭉 불안이 심해 밤 동안만 진정제를 투여하다가 한 시간 전부터 약물 주입 중단 상태인 환자 담당 C, 힘듦이 예정되어 있던 하루.

이들 중 B 환자는 불편한 곳이 많아 매시간 최소 열 번 이상은 부르시고, 인공 기도를 삽관하고 있는 동안에는 양손으로 침대 난간을 치면서, 인공 기도를 발관했을 때는 쩌렁쩌렁 소리를 지르시며 이리 와보라고 울부짖으시

는 환자이다. 오늘도 내 얼굴을 보자마자 "목이 마르다, 목
에 있는 관 언제 빼 줄 거냐." 등등 밤새 괴로웠다는 표현
을 온몸으로 하시는데, "OOO님, 아직 교수님 회진 전이
라, 자세한 건 저도 모르지만 알게 되는 대로 알려드릴게
요. 입 많이 마르시죠? 저 옆에 계신 환자분께도 얼른 인사
드리고 와서 입 닦아드리고 조금 더 편하게 해드릴게요."
라는 말만 남기고 서둘러 C 환자에게 갔다. 환자 확인도 하
기 전부터 날아 들어오는 심한 욕과 발길질에 정신을 차릴
수가 없었다. 이제 막 출근한 나에게, 한 번도 본 적 없는 사
람에게 도대체 왜 그렇게 화를 내시는 건지.. 신경학적 사
정도 할 수 없고, 시간은 지체되고.. 마음이 타들어 갔다. 또
한 번 B 환자에게 "죄송해요, 금방 올게요!" 외치며 A 환자
의 검사 전 준비를 마치고 검사실로 이송하였는데, C 환자
가 계속해서 소리를 지르시며 나를 찾기에 또 바로 C 환자
에게 달려갔다.

　　아침 일곱 시 반도 되지 않았는데 휘몰아치는 상황
으로, 벌써 지친 마음과 속상한 기분, 그리고 나도 모르게
올라오는 화를 꾹꾹 눌러 담아보려 했지만 빠르게 차오르
는 눈물을 막지는 못했다. 애써 참고 B 환자에게 가서 "죄

　　　　　　　　　　　　　　　　　　　　

송해요. 입 많이 마르셨을 텐데 너무 오래 기다리셨죠. 얼른 입 닦아드리고 가래 제거해 드릴게요."하며 구강 간호를 할 준비를 하는데 느슨하게 신체 보호대 장갑을 착용하신 손으로 내 팔을 툭툭 치셨다. "네?" 하고 얼굴을 쳐다봤는데, 환자의 눈가도 촉촉해져 있었다. 기관 내관을 삽입하고 있어서 말씀은 하실 수 없지만, 입 모양으로 "왜 울어?" 라고 천천히 하시는 것 같았다. "아녜요." 하고 애써 눈을 피하며 입을 닦아드리려 하는데, 눈물을 글썽이시며 "울지마. 나는 네가 고마워. 힘내. 네가 최고야."라며 눈물이 가득 담긴 슬픈 눈으로 함박웃음을 지어 보이셨다. 우리 중환자실에서 계시는 기간에 그 누구도 보지 못했었던, 그분의 낯선 첫 미소였다.

내가 힘든 상황을 겪고 있는 걸 알고 불편감을 참고 나를 배려해 주셨구나, 나의 힘듦을 지금 그 누구보다도 힘드실 분께서 이해해주시고 위로해 주시는구나, 그분의 현재 상황과, 과거력을 알고 있기에 나에게는 그 어떤 것보다도 더욱 값진 위로였다. 그래서 걷잡을 수 없이 눈물이 줄줄 흘렀다. 눈물을 주룩주룩 흘리며 "가래 제거해 드릴게요, 우리 이거 오늘도 열심히 해야 하는 것 아시죠?

아-해보세요” 했는데, 평소에는 하기 싫다고 거부하시고 손을 쳐내고 하셨었지만 고개를 크게 끄덕이시더니 입을 아주 크게 벌려 주셨다. 그렇게 우리 둘은 함께 울며 흡인을 했다. 이 후로도 볼 때마다 찡그린 표정을 하고 계셔서 옆에 가서 어디 불편한 곳이 있으신지 여쭤보면, 고개를 강하게 저으며 아니라고 괜찮다고 하시며 하루 종일 그렇게 본인만이 할 수 있는 방법으로 나를 배려하고 계셨다. 퇴근하겠다고 인사를 드렸을 때는 장갑을 벗겨 달라고 하시더니 엄지 척 들며 또 함박웃음을 지으시며 “고마워 내일 봐.” 라고 해주신 덕분에 따뜻해진 마음으로 퇴근을 하고 남은 하루 내내 가슴이 벅차고 기분 좋게 잠들 수 있었다.

하지만 며칠이 지나고 그날을 돌이켜 봤을 때 마음 한 켠이 조금 불편하기도 했다. ‘환자에게 도움이 되고, 위로를 해드려야 할 간호사가, 오히려 위로를 받아도 되는 건가? 나는 과연 환자에게 어떤 간호사로 기억될까?’

　　중환자실 환자들은 너무 긴박한 상황에 처해있고, 병과 처절히 싸우고 있는 현실 앞에 건물 밖에는 새하얀 함박눈이 살포시, 평화롭게 내리지만, 그런 한가로움을 느끼는 것도 사치라고 느껴지는 나는, 오늘도 신발끈과 머리를 꽉 묶고 열심히 달리는 중환자실 간호사이다.

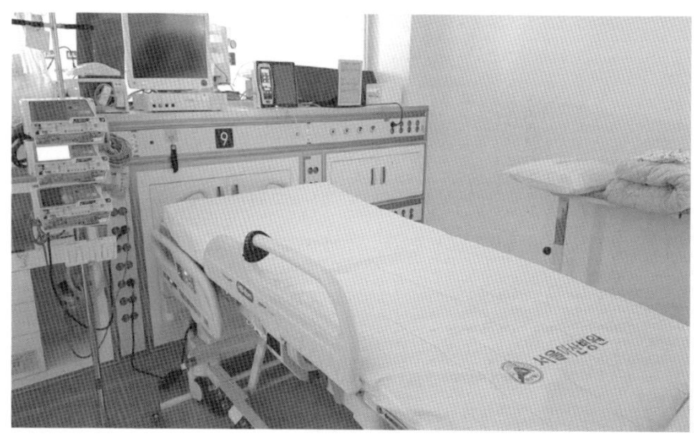

삶과 죽음 사이, 나누는 따뜻한 위로

2014년 10월, 37세의 요리사였다는 한 남자가 갑작스럽게 폐암 말기를 진단받아 입원했다. 이혼 후, 칠십을 바라보는 노모가 15개월 된 아이를 돌봐주고 있고 주 보호자인 여동생은 출가 중이라 환자를 돌봐줄 사람이 없어 홀로 고독하게 투병하고 있었다. 그의 폐는 더 이상 견딜 수 없는 지점에 이르러 집중 관찰 환자가 되었고, 너무나 순순히 자기 생의 한계를 받아들이는 심폐소생술 거절(DNR)를 작성했다. 젊은 나이, 어린 자식, 그리고 노모까지. 서로 말을 주고받지는 않았지만 병동 간호사들의 마음은 하나였다. 환자와 그 가족들을 걱정하며, 안타까운 감정을 품으면서도 다른 환자들이 기다리는 현실 속에서 마음을 온전히 그에게 머물 수는 없었다.

세 번째

병동 치료실로 옮겨진 환자는 산소마스크를 쓴 채, 멍하니 벽을 쳐다보고 있었다. 나는 잠시 발걸음을 멈추고 바쁘고 복잡한 마음을 비워, 어떤 생각이 그의 마음을 스쳐 갈지 생각해 보았다. '어린 자식을 노모에게 맡기고 떠나야 하는 마음. 그 마음의 고뇌는 얼마나 괴로울까?' 그런 생각이 드니 환자에게 어떠한 간호를 해줄 수 있을지 더욱 고민하게 되었다. 조금이라도 편안한 환경을 만들기 위해 날카롭게 울려대는 모니터의 기계음과 발끝에서 울려 나오는 소음, 그리고 의료진 중심으로 환하게 비치는 조명을 제한하여 산만함을 최소화하려고 노력하였고, 홀로 이러한 상황을 견디고 있는 환자에게 "당신은 혼자가 아니라 의료진이 같이 있다."라는 말과 함께 그의 손을 잡아주며 위로하였다. 나는 이런 작은 간호를 통해서 환자가 최소한의 안락함이라도 느낄 수 있었으면 하는 마음이었지만 환자는 여전히 의식이 혼미한 듯 벽만 멍하니 쳐다보며 아무 말이 없었다.

그렇게 얼마의 시간이 흐르고, 위독하다는 의료진의 연락을 받은 환자의 여동생이 치료실에 도착하였고, 여동생은 아무 말도 못하고 하염없이 울기만 했다.

자정이 다가오는 시간. 나이트 근무 간호사에게 인계를 마치고 뒷정리를 하는데 두 눈이 시뻘겋게 퉁퉁 부은 환자의 여동생이 급히 무언가를 들고 나를 찾아왔다. 여동생은 근무하는 내내 물도 제대로 못 마시고 바쁘게 일하느라 너무 고생했다고 꼭 자기 대신 챙겨주라 했다는 환자의 말을 전하며 조심스럽게 간식을 건네왔다. 그 순간, 나는 벼락을 맞은 것처럼 마음이 울컥했다. 평상시 '친절하고 고맙다'는 환자와 보호자들의 칭찬은 들어왔지만, 삶의 마지막에, 극한으로 힘든 상황에서 그는 어떻게 이런 배려심을 보일 수 있는지, 위로를 받아야 하는 존재에게 오히려 더 큰 위로와 감동을 받게 될 줄은 미처 몰랐다. 그가 보여준 진심 어린 배려는, 위로와 용기를 전하는 것은 간호사만 할 수 있다고 자만했던 내 자신을 깨닫고 반성하는 계기가 되었다. 덕분에 더 겸손한 자세로 서울아산병원 간호사로서 위로와 감동을 전하겠다는 마음과 환자 안전과 간호 질 향상을 위해 전문적이고 최선의 간호를 하고자 하는 열정이 더욱 강해질 수 있었다.

---

* 좌심실 보조 장치(Left Ventricular assist device): 환자의 심장 활동과 관계없이 혈액 순환을 우회하여 순환시킴으로써 심장의 회복을 도와주는 장치

행복한 나날이란 멋지고 놀라운 일들이 일어나는 날들이 아니라 진주알이 하나하나 한 줄로 꿰어지듯이 소박하고 자잘한 기쁨들이 조용히 이어지는 날들인 것이다.
언제나 진심은 통한다고 믿는다.

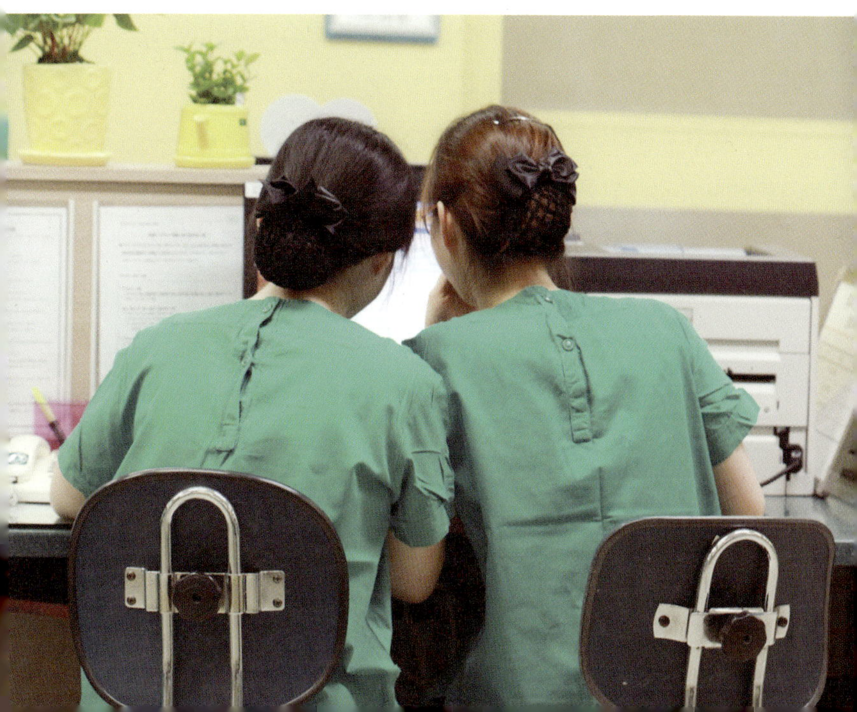

마지막 소원

이브닝 근무 중 나는 다음날 인공심장, 좌심실 보조장치(LVAD)* 수술을 앞둔 환자와 대화를 하게 되었다.

"사실 내가 아들이 두 명이 있는데, 둘 다 의사야, 그 아들 둘을 키우면서 엄청 든든하고 자랑스러웠어. 하지만, 내가 제일 힘 없고 아프고 약할 때 내 곁을 지켜주는 건 담당간호사인 자네분이네. 정말 고마워."

감동받은 나는 환자에게 "수술 앞두고 제가 해드릴 것이 있을까요? 간호사에게 미안해서 부탁 못 했던 것이 있나요?"라고 물었다.

이에, "내가 사실 똥이 엄청 누고 싶어. 누고 싶은데 계속 침대에 있다 보니 똥이 나오지 않아. 손녀 같은 간호사에게 관장을 부탁하기 미안해서 말을 못 하고 있었어."

세 번째

라고 말하여 의사 확인 후 바로 관장을 준비해서 시행했고, 환자는 다량의 대변을 보았다.

환자는 "너무 고마워. 너무 개운하다. 정말 고마워..." 라고 말하며, 내 손을 꼭 잡아주었다.

그러나, 이브닝 근무가 끝날 무렵 환자는 의식을 잃고, 심정지가 와서 심폐소생술을 진행하였다. 한 시간 넘게 심폐소생술을 하였지만, 환자의 심장은 돌아오지 않았고, 보호자에게 연명의료계획서 구득 후 사망 선언이 이루어졌다.

나는 힘든 와중에도 담당간호사인 나를 오히려 배려하고 고마움을 표현해 준 환자의 죽음에 망연자실하며 눈물을 터뜨렸다. 그러나, 함께 근무했던 선생님은

"가람아 너 덕분에 환자분은 대변 시원하게 보시고 개운한 마음, 평온한 마음으로 떠나신 거일 거야."라고 해주셨다.

너무나 따뜻한 말을 해주셔서 간호사인 내가 오히려 정서적 지지를 받았다고 느꼈던 그 상황이, 1년 6개월이 지난 지금에도 가슴에 남아있다.

We are in this together

2018년 1월 1일자 암환자간호에 대한 경험이 전혀 없는 나는 종양내과병동의 수간호사로서의 사명과 미션(존재의 이유)을 고민하며 종양내과병동에서의 근무를 시작하였다.

2018년 5월 27일 27세 젊은 남자가 71병동으로 입원하였는데, 환자는 2017년 1월부터 혀가 붓고 통증이 있어서 이비인후과에서 조직검사 후 설암을 진단 받고 부분 혀절제술과 방사선치료를 받은 상태였다. 이후 재발되어 수술과 방사선치료를 병행하던 중 2018년 5월 27일 CT검사 후 항암치료를 계획하였다. 환자를 간병하는 주 보호자는 어머니로 날마다 침상에서 아들을 애처롭게 바라보며 탄

식하였고 치료만 잘 받으면 살 수 있다는 희망을 가지고 있었다. 환자는 통증이 심해서 강한 진통제를 지속적으로 투약하였고 식사를 하지 못해 위관을 통해 영양을 공급하였다. 시간이 지날수록 상태는 더욱 악화되어 자신의 몸을 스스로 가누기 힘든 상황이었고 욕창 예방을 위해 간호사와 보호자의 도움으로 2시간마다 체위 변경 등 기본 간호를 받고 있었다.

나는 회진을 마치고 매일 병실 간호순회를 갈 때마다 환자 상태를 확인하고 편안하게 해준 뒤 복도로 나와 지쳐있는 보호자(어머니)의 이야기를 들어주었다. 천주교 신자였던 어머니는 눈물 지으며 "수간호사님 우리 아들 어떡해요. 저도 유방암 환자예요. 그런데 지금은 완치 판정 받았어요. 하나님께서 제 목숨과 아들의 목숨을 바꿔주셨으면 좋겠어요." 어머님의 고통이 고스란히 나에게 전달되어 나의 눈가에도 어느새 눈물이 고이기 시작했다. 내가 어떻게 이 분을 위로해줄 수 있을까? 내가 할 수 있는 일이라고는 기도뿐이었다.

2018년 6월 13일부터 매일 회진 시 연명의료계획서 구득을 위해 설명하였으나 어머니는 계속해서 강력히 거부하였다. 나는 어머니에게 연명의료결정제도에 대해 다시 설명드렸고 무엇이 아들에게 가장 최선의 길이 될 수 있을지 가족들과 충분히 이야기 나눠보도록 여러 번 권면하였다.

어머니의 마음의 문이 열리지 않고 있던 날들이 지나고, 어머니는 "수간호사님.. 저 사실 고민이 있어요."하며 이야기를 꺼내셨다. 아들에게 결혼을 약속한 여자친구가 있는데 그 부모님이 아직 이 사실을 모르고 있어서 너무 두렵다는 것이었다. 사돈이 될 분들에게 이 사실을 알리면 당장 외동딸을 병원에 못 오게 할 것이고, 그러면 우리 아들은 너무 힘들어 질까봐 걱정이 된다는 것이었다. 여자친구가 면회를 오면 아들의 얼굴이 환해지고 행복해하는데 내가 그 부모라면 헤어지라고 하겠지만.. 우리 아들만 생각하면 가슴이 무너진다고 말씀하셨다. 나는 여느 어머니와 다를 바 없는 모습을 보며 어머니에게 우선 아들 여자친구가 면회를 오면 가래를 제거하고 자세를 편안하게 해준 뒤 어머니는 휴게실로 가셔서 둘만의 오붓한 시간을 갖게 자리를 피해주시라고 했다. 그리고 기회가 되면 여자친구의 부모님께도 상황을 그대로 알려드리면 좋을

    세 번째

것 같다는 조언을 드렸다.

　며칠 뒤 기적과 같은 일이 벌어졌다. 여자친구의 부모님이 서울아산병원에 건강검진을 받으러 오셨고, 그날 딸에게 예비 사위의 안 좋은 소식을 듣게 되었다. 한 걸음에 여자친구의 부모님은 병실로 환자 면회를 오셨고 병실에서는 두 가족이 오열하며 극적인 면회가 이루어졌다. 일주일 동안 내내 면회는 이루어졌고 두 가족은 서로를 보듬으며 삶의 끝자락에서 의미 있고 서로의 마음을 전하는 시간을 보내게 되었다. 그렇게 일주일이 지나고 6월 22일 환자는 의식이 점점 없어졌고 산소요구량이 증가되어 임종 과정으로 진행하였다. 6월 22일 연명의료계획서를 구득하고 환자는 임종실로 옮겨졌다.

　6월 27일 임종실로 간호순회를 갔을 때 환자는 편안한 얼굴로 누워있었고, 찬송가가 잔잔히 흐르고 있었다. 나는 가족들의 큰 슬픔을 어떻게 위로할지 걱정하며 병실에 들어갔는데 오히려 어머니는 환한 얼굴로 "수간호사님! 저희 어제 두 가족이 모두 반지를 맞춰서 꼈어요! 우리 OO이는 영원히 우리와 함께 있기 때문에 We are in this together라고 새겼어요.. 한번 봐주세요.” 하시며 사진을 보여주시는 것이었다. 어느새 나의 눈가에는 눈물이 고이기 시작했다. 이 땅에서의 삶을 이토록 아름답게 마무리하게 해주신 하나님께 감사기도를 드리며, 그리고 다음 날 환자는 사랑하는 가족들의 품 안에서 편안하게 하늘나라로 갔다.

가장 기쁜 인사말

"선생님, 우리 다시는 만나지 말아요."

무소식이 희소식이라는 속담이 가장 잘 어울리는 곳 중 하나가 병원이다.

검사하러 입원했던 환자가 수술을 위해 다시 오거나 수술 후 문제가 생겨서 입원할 때, 낯익은 얼굴이 반가우면서도 또다시 힘겨운 시간을 보내야 하는 환자들에게 안쓰러운 마음이 컸다. 지영(가명) 님은 수술 부위에 원인이 불분명한 감염으로 상처가 회복되지 않아 다시 입원하게 된 경우였다. 외과인 우리 병동에선 드물게 장기 입원한 환자였는데, 처음 지영 님을 알게 된 건 치료실에서 들리는 비명 때문이었다. 듣기만 해도 고통스러운 신음을 들으며 '어떤 환자가 무엇 때문에 이렇게 힘들어할까?' 궁금했던 게 지영 님과의 첫 만남이었다.

지영 님이 있는 병실을 담당하면서, 진물나고 벗겨진 피부에 매일 하는 드레싱으로 인한 통증 때문에 그랬음을 알았고, 드레싱 전 다가올 통증에 대한 걱정과 불안으로 눈물 흘리는 모습을 보았다. 담당 간호사로서 최대한 환자를 편안하게 간호하기 위해 드레싱 전에 미리 진통제를 투약하며 통증이 잘 조절되는지 확인하고, 드레싱을 할 때면 치료실에서 함께 손잡아 주며 심호흡하도록 지지했다. 매일 드레싱을 하고, 항생제를 투여하고, 여러 검사를 시행해도 쉽게 호전되지 않는 상처와 고통이 지속됐다. 그럼에도 특유의 쾌활한 목소리로 병동에서 가장 활기차게 인사하는 사람이 바로 지영 님이었다.

"지은 선생님 오늘은 새벽 출근이네요." 병동의 모든 간호사 이름을 외우며 곧잘 스테이션으로 나와 선생님들과 웃으며 대화하곤 했다. 병실 서랍을 가득 채운 색색의 사탕들을 발견하고 당뇨가 있어서 사탕은 많이 드시면 안 된다고 말하니, "이거 나 말고 선생님들 주려고 사둔 거예요. 자, 당 떨어질 때 하나씩 드세요."라며 한 움큼 쥐여주었다. "여기 엄마 안 아프게 해주시는 간호사 선생님이야. 인사해." 4살 난 작은 딸과 통화할 때면 더 활짝 웃으며 얼른 집에 돌아가겠다고 의욕을 다졌다.

누구보다 자신이 가장 힘들텐데도 웃으며 건네는 그 마음에 응원을 얻은 건 오히려 우리였다.

진심으로 환자의 행복과 안위를 위해 우리가 할 수 있는 최고의 노력을 다했고, 지영 님이 퇴원하는 날이 왔다. 퇴원 정산을 안내한 뒤 간호사들이 하나 둘 써 놓은 편지를 전달하기 위해 기다리는데 정산을 마친 지영 님이 불쑥 봉투 뭉치를 건넸다.

"이거 별거 아니지만, 그동안 너무 고마웠어요. 선생님들."

꼬깃꼬깃 접은 휴지에 적은 편지와 사탕을 가득 담은 지영 님의 약 봉투들이었다.

'내가 최선을 다해 환자를 위한다 하더라도 환자가 돌려주는 마음의 크기에는 비할 수 없겠구나.'라는 깨달음이 깊이 새겨졌다.

　모아둔 편지를 전달하자 지영 님은 울먹이는 목소리로 "선생님, 우리 다시는 만나지 말아요." 인사한 뒤 떠났다. 누군가에겐 더없이 차갑게 들릴지도 모르는 인사가 세상에서 가장 기쁘게 들렸다.

　어느 날 지영 님이 문득 떠오른다면 이날의 인사를 기억할 것이다.

　다시는 만나지 말자는 인사는 더는 아프지 않고 씩씩하고 행복하게 잘 살아가겠다는 약속이자 다짐의 인사다. 우리의 만남이 고통이 아닌 앞으로의 삶에 의지를 다지는 시간으로 기억되길 바란다. 앞으로 만나게 될 환자들에게 같은 인사를 전할 수 있도록 우리는 오늘도 환자를 위해 일할 것이다.

세 번째

2년 차 간호사였던 나의 어느 날

내가 뭐라고 나를 그렇게 좋아해주시고 나한테 감사하다고 하셨는지, 다른 선생님들보다 훨씬 어리고 일도 그분들보다 능숙하지 않아서 오히려 그냥 귀엽게 보이거나 미덥지 않았을 텐데..

병동에서의 마지막 근무 날, 데이 근무가 4시 넘어 끝나고 면담까지 해서 빨리 집에 가고 싶었지만 그분께는 꼭 인사를 드리고 가고 싶었다. 30분을 넘게 떠드느라 집에 더 늦게 가더라도 좋겠다고 생각했다. 오늘이 병동 마지막 근무고, 이제 무균실에서 일해서 아마 거의 보기 힘들 거라고 말씀드렸더니 아쉬워하시며 내 손을 꼬옥 잡고 "선생님의 말 한마디가 너무 고마웠어요. 정말 힘든데 큰 힘이 됐어요. 무균실 환자들 진짜 힘들 텐데 선생님이라면 환자들한테 잘해줄 것 같아요. 꼭, 건강하세요."라고 말씀하시던 환자... 나도 모르게 꾹꾹대며 울어버렸고 그렇게 보호자와 셋이서 함께 울었다. 조금은 무뚝뚝하시던 그분이 나를 진심으로 좋아해주시는 줄은 정말 몰랐다. 이전에 입원하셨을 때보다 좀 더 무뚝뚝해진 환자와 보호자를 보며 '내가 이전보다 친절함이 부족했나? 이제 내가 별로 좋지 않으신 걸까?' 걱정했었다. 그리고 그분이 재발로 인해 항암을 다시 시작하는 날, 몇 번이고 우시던 환자에게 "언니가 제일 좋아하는 선생님도 있고 이렇게 응원해주시는데 그만 울어."라고 보호자가 말씀하실 때도 사실 속으론 그게 정말 내가 맞을까 싶어 벅차올랐다. 또, 오랜만에 환자를 담당하게 되는 날에 보호자가 "언니한테 말해줘야지."하면서 가실 때도 너무 기뻤다. 그 무뚝뚝함 속에서 그분은 나에 대해 무슨 이야기를 하셨을까..

2022년 8월의 어느 날 그분은 돌아가셨다. 분명 나는 그분의 상태가 안 좋아졌다는 걸 알고 있었다. 무균실 일이 끝나고 잠깐 인사를 드리러 갈 기회도 있었다. 하지만 그렇게 컨디션이 안좋은 분께 가서 내가 무슨 말을 할 수 있을까, 말을 걸면 오히려 귀찮지 않을까, 어떤 말을 해야 위로라도 될 수 있을까 두려워서 미룬 것도 있었다. 그냥 갔어야 했다. 가서 손이라도 잡아 드려야 했다. 그럼 반가운 마음에 한번이라도 웃지 않으셨을까? 하늘에서는 수혈도, 약도, 어지러움도 없이 마냥 행복하게 계셨으면 좋겠다. 취미도 없다고 하셨는데 심심하실까 걱정이 된다. 재미있는 드라마 보며 좋아하시던 매운 음식 맛있게 마음껏 드셨으면 좋겠다.

학생 때부터 막연히 배워왔던 '라포 형성'이라는 게 이런 것 같다. 생각보다 끈끈하다. 간호사가 환자의 곁에 가장 오랜 시간 있는 만큼 환자들은 간호사에게서 좋은 에너지를 받는다. 그리고 그 관계에서 간호사도 위로를 받곤 한다. 하지만 암 병동 특성상 그렇게 라포가 쌓이더라도 '임종'이라는 단어로 마무리될 때가 많다. 그게 참 허무할 때가 많다. 그래도 이런 경험들은 내가 다시 초심을 잡고 일할 수 있는 원동력이자 이유가 된다. 그리고 또다시 후회하지 않도록 최선을 다할 수 있게 해준다. 올해는 "더" 많은 환자들이 "더" 많이 웃을 수 있는 한 해가 되었으면 좋겠다.

'사람이 먼저'인 간호사

나는 신경과 외래에서 근무하고 있는 20년 차 전문 간호사이다. 각기 다른 개성과 실력을 가지고 있지만, 환자와 보호자를 대하는 진실한 마음으로 세상에서 가장 따뜻하고 아름다운 하모니를 만들어 내는 이곳에서, 나는 오늘 나의 진짜 팬들을 소개하고자 한다.

"저번에 저희 어머니 설명해주신 간호사님인가요?" 딸로 보이는 보호자가 조심스레 묻는다. 딸이 내민 검사안내문에는 병원에 와야 하는 시간, 동선을 고려한 가야할 곳이 번호로 매겨져 있고, 언제부터 음식이나 물을 안 드셔야 하는지 큰 글씨로 쓰여있다. "네, 안내문 글자를 보니 제가 맞네요. OOO님, 오늘은 따님과 오셔서 든든하시겠어요. 검사도 잘하고 오셨어요." 웃으며 눈을 바라보았다.
"검사실도 이곳저곳 복잡하고 주의사항이 많아서 힘드셨
을 텐데 잘하셨어요." 집에 오자마자 간호사님 이야기를
많이 하셨어요. 신경을 많이 써주셨다고요. 따로 간호사님
이 제게 적어주신 메모를 보고 어머니가 하신 말이 이해가
되더라고요. 마스크를 쓰고 계셔서 얼굴은 잘 모르겠다고
하셨는데, 간호사님 목소리 듣고 한번에 알아보시더라고
요. "부모님 뻘 되시는 환자분들이 혼자 오시거나 노부부
가 오시면 제 부모님 같아서 신경이 좀 더 쓰여서요. 저희
부모님도 지난주 병원 다녀오셨는데 결과를 여쭤보니 제
대로 기억을 못하셔서 속상하고 화가 나더라고요. 환자는
답답하고 진료를 제대로 보지 못할까 봐 겁도 날 거고, 회
사의 바쁜 업무 속에서 환자의 진료가 끝나기를 기다리는
자녀분들은 설명을 제대로 못하는 환자들 보며 많이 속상
할 텐데. 저는 그 마음을 아니까요."

진실한 마음으로 환자와 보호자의 입장을 이해하고
배려한 나의 작은 감동이 3년째 이어져 나의 1호 팬이 되
었다.

"아이고, 신경과에서 가장 아름다운 우리 신 간호사님. 내가 우리 간호사님 이름도 안 까먹지. 오늘은 여기 진료실에 계셨네." 송글송글 맺힌 이마의 땀방울을 닦으며 하얀 종이 가방을 내 가슴 쪽으로 쑥 들이미셨다. 맛있게 먹는 방법을 손으로 직접 쓰신 메모지, 수제 커피와 자몽청이 들어있었다. "오늘 진료가 있으셨어요?" "아니, 신경과 말고, 오늘은 가정의학과 왔어. 아들이 하남에서 유명한 커피숍을 하는데 신 간호사님 주려고 아침부터 다녀왔지." "신경과 진료도 아니고, 다른 진료 보러 오시면서 하남까지 가셔서 이 귀한 것을 가져오셨다고요? 저 주시려고요? 그냥 얼굴만 이렇게 보여주셔도 되는데, 외래 있는 날 언제든 그냥 오셔도 돼요." "내가 신 간호사 얼마나 고마워하는지 알지? 우리 같은 사람은 몰라서도 못하고, 알려줘도 금방 까먹고 또 안하고 말 건데, 지금 신 간호사님 때문에 얼마나 많은 혜택을 보는데. 아무 소리 말고 받아. 나라에서 국민들 주려고 만든 혜택을 누가 알려줘야 써먹든지 말든지. 신 간호사 최고로 좋은 거 드시라고 아들이 새벽부터 만든 거 가져 온 거야. 간호사님만 드셔." 손을 한번 잡아 주시곤 또 급히 나가시는 찐팬 2호의 뒷모습을 보면서 가슴 뭉클함과 간호사로서 보람을 느낀다.

"의사에게는 몸을 치료받고, 간호사님에게는 마음을 치료받고 갑니다." 병원을 찾는 질환의 80%가 대사성 질환이고, 이는 생활습관병이다. 적절한 약물을 통해 병을 치료한 후, 예방하기 위해 간호사는 환자와 보호자에게 정확한 정보를 주고 그들이 올바른 선택을 할 수 있도록 돕는 조력자, 교육자의 역할을 강화해야 한다. 치열한 경쟁 사회 속 마음의 병을 가진 현대인에게 진정 필요한 치료는 환자가 아닌 사람이 먼저, 라는 마음이다. 진실한 마음으로 공감할 줄 아는 역량을 키워야 한다. 그들이 나에게 주는 또 다른 감동으로 나는 환자와 보호자를 정확히 이해하고 공감을 할 줄 아는 간호사로 나날이 성장하고 있다.

다시 돌아온 크리스마스 선물

올해보다 조금 더 추웠던 그해 겨울, 크리스마스쯤 내 메일로 한 장의 칭찬 카드가 도착했다. 항암 중 지속적 혈변으로 응급실 방문했던 환자의 자녀분이 쓰신 것이었다. 절망적인 마음에 나의 헌신적인 간호와 따뜻한 말들이 안정을 주었다는 글귀를 보며 마치 크리스마스 선물을 받은 듯 종일 들뜬 마음으로 하루를 보냈었다. 응급실 신입 간호사로서 늘 긴장한 상태로 첫 1년을 보낸 지 얼마 되지 않아 입사 후 처음 받은 칭찬 카드라 더욱 기억에 남았다. 항상 내 미숙함 때문에 환자가 최고의 치료를 위한 충분한 간호를 받지 못하고 있지는 않을까 걱정이 가득했던 시절이었다. 그런 내게 그 글귀는 마치 '너는 충분히 잘 하고 있다'는 의미인 것 같아 등을 다독여주는 느낌이었다.

시간이 흘러 4년 차 간호사가 된 어느 평일 오후, 그날도 전국에서 온 많은 응급환자들로 바쁘게 움직이고 있었다. 환자 옆에 있던 보호자분의 얼굴이 안면이 있는 듯했지만 그저 기분 탓이라 여기고 그사이 쌓여있는 다른 환자들의 처치를 위해 움직였다.

그렇게 한참을 일하고 인계 시간쯤 조금 정리가 되어 한숨 돌리고 있는데 안면 있다고 느꼈던 그 보호자분이 관찰실 문을 열고 조용히 다가오셨다. 선생님을 다시 뵈어서 너무 반갑다며 저번에 어머니가 혈변으로 응급실로 왔었는데 그때도 정말 친절하게 잘 해주서서 감사했다고 인사를 하셨다. 그 순간 재작년 기억이 떠오르며 혹시나 하고 묻자 깜짝 놀라시며 기억하시냐고 되물으셨다. 처음으로 받아본 칭찬 카드라 당연히 기억한다고 하자 보호자분은 "그 당시에는 경황이 없어 간호사님 성함을 미처 확인하지 못했는데 간호일지까지 발급받아 간호사님 성함을 찾아 칭찬 카드를 썼어요. 걱정했는데 무사히 카드가 잘 전달 되었다니 다행이네요. 저번에 너무 감사했고 덕분에 응급내시경도 잘 받고 전원 가신 어머님도 계속 감사했다고 이야기하셨어요. 이번에는 배우자의 보호자로 왔는데 처음 보자마자 알아봤지만 너무 바빠 보이셔서 이제야 말씀을 드려요. 오늘도 정말 친절하게 잘해주신 덕분에 많이 안심되었네요."라고 하셨다.

응급실에서 불안해하는 그분에게 조금이나마 힘이 되어드렸구나, 그리고 지금도 잘하고 있구나, 나는 아직 응급실 간호사로서 더 일해도 되는 사람이구나 하는 생각이 들었다. 그 보호자분은 불안하고 낯선 응급실에서 나로 인해 안심되고 든든했다고 하셨다. 하지만 오히려 내가 그 보호자분의 따뜻한 말로 인해 위로와 위안, 그리고 더 나아갈 힘을 얻었다.

나에게 간호사란 '사람'이다. 환자에게 단순한 치료의 행위자를 넘어서 사람으로서 다가가 아프고 힘든 병원이라는 기억에서 조금이나마 따뜻한 온기를 느낄 수 있게 해주는 그런 행위자가 간호사라고 생각한다. 이 간호사라는 길을 처음 걷고자 했을 때 나는 그런 사람이 되고 싶었다.

응급실 간호사로 처음 병원에 발을 들였을 때 조급한 마음에 환자 개개인의 질병과 상태에만 초점을 맞추어

흐름을 따라가기 급급했다. 하지만 연차가 쌓이고 조금씩 생긴 여유는 환자들의 질병이 아닌 사람으로서의 모습도 볼 수 있게 해주었다. 그렇게 조금씩 질환에서 시야를 넓혀 사람으로서 환자들을 대하면서 때로는 힘을 얻기도 하지만, 때로는 상처받기도 한다. 하지만 거센 비바람을 이겨낸 나무들이 단단한 나이테를 쌓아 커다란 나무가 되듯, 모든 경험들이 결국은 내가 생각하는 이상적인 간호를 하기까지의 발판이 되어줄 것이라 생각한다. 그때까지 치열한 임상에서 지치고 힘들 때 힘이 되어 줄 기억을 선물 받은 것 같아 마음이 따뜻해지는 하루였다.

선우의 장난감 자동차

볕 좋은 날엔 한강 끝이 보일 듯한 서울아산병원 14층. 이곳은 소아암병동이다. 선우(가명, 5세)는 23년 1월 신경모세포종으로 진단받았으나 급격한 악화로 완화 치료를 받으며 1인실에서 마지막을 준비하고 있었다. 이미 마음 단단히 먹었다는 선우 엄마는 아들의 죽음을 예감하며 영정 사진도 준비하여 병실 창가에 두었다. 얼마 전 엄마는 어렵게 내게 질문했다.

"이모, 삼촌은 못 만나겠죠?"

사경을 헤매는 중에도 선우는 삼촌과 이모를 부를 때가 종종 있었다고 했다. 아프기 전 맞벌이하는 부모를 대신해 삼촌과 이모가 번갈아가며 선우 옆을 지켜왔기 때문이다. 병동에서는 제한된 면회로 아이가 이모와 삼촌을 만나기 위해 지하 1층으로 내려가기로 했다. 고유량 비강 캐뉼라 산소요법(HFNC)을 하고 있던 상황이라 위험할 수도 있어 꼭 만나야 한다면 함께 가겠다고 했다. 잠시 눈을 뜬 선우에게 아빠는 삼촌 만나러 가자고 말한다.

"이모도 와 있대. 좋지?"
"아빠! 문방구는?"

선우가 지하 1층에 있는 문구점 이야기를 꺼낸다. 나는 아빠에게 선우가 문구점에 왜 가고 싶어하는지 물었다. 아빠는 아이가 자동차 장난감을 직접 고르고 싶어했다고 말한다. 아이는 한달 내내 자동차 이야기를 하며 문구점에 가자고 졸라왔다. 선우가 앉을 수 없어 가족을 만나러 침대로 이동하려 했으나, 문구점은 침대가 들어가지 않는다. 선우 엄마가 아이를 안고 휠체어에 앉았다. 휠체어를 함께 밀고 지하 1층에 도착했다. 선우 누나와 할머니도 와 있었다. 아이를 보며 울음을 참아가며 이모와 삼촌은 선우와 엄마를 안아주었다. 마지막일지도 모르는 가족 사진을 찍어주며 코끝이 찡해졌다. 가족들과 약속한 10분 면회를 마치고 가족 모두 함께 문구점으로 향했다.

"이제 자동차 사러 가자!"

5살 아이에게 장난감 자동차는 생기를 돋게 했다. 선우의 목소리가 가게 안을 크게 울린다.

"빨간 거 말고! 까만 거 까만 거!
 아빠는 왜 내 맘 몰라!"

선우는 검은색 스포츠카 장난감을 골랐다. 가족과의 마지막 특별면회를 마치고 14층으로 올라왔다. 선우는 자동차에 신이나 가장 아이다운 모습으로 웃었다. 엄마 아빠는 눈물을 참았다. 이후 40 mg/dL까지 올랐던 염증 수치가 감소하며 상태가 호전되는 듯 보였다. 하지만 불안했다. 그렇게 좋아지는 듯 싶다가 갑자기 떠나는 아이들이 많았기에. 선우는 그렇게 3개월을 더 버텨냈다. 가을에서 겨울로 넘어가던 12월 어느 날 오후. 주말에 담당간호사에게 연락이 왔다. 선우 상태가 갑자기 악화되어 부모가 함께 아이를 지키도록 해도 되겠냐는 질문이었다. 선우 가족을 생각하며 질문한 간호사가 정말 고마웠다. 월요일에 만난 선우는 힘겨워 보였다. 아빠는 선우 누나의 끊임없는 전화도 외면한 채 선우와 엄마를 보살피고 있다가 내게 말했다.

"집에 잠깐만 다녀올게요.
　선우와 엄마 좀 부탁드립니다."

2시간쯤 지났을까? 떴다 감았다 반복했던 눈도 더이상 반응이 없었다. 엄마는 아빠에게 전화로 진작 다녀오라고 했더니 왜 이제 가서 사람 애를 태우냐며 빨리 오라고 소리쳤다. 그렇게 15분마다 전화를 했다. 갑자기 선우의 맥박이 90회/분으로 떨어지더니 5분 후 0회/분이 되었다. 준비했다고는 했지만 준비될 수 없었던 아이의 임종에 엄마는 절규했다.

"선우 아빠 올 때까지만 버텨주세요!
　선생님 부탁입니다!"

자리를 비운 아빠가 임종을 지킬 수 있게 도와달라는 간절한 애원이었다. 이미 심폐소생술 거부하겠다는 사인이 있었지만 아버지가 선우를 만날 수 있도록 가슴 압박을 시작했다. 하지만 그 과정을 목격한 의사는 엄마에게 선우를 아프게 해선 안된다며 즉시 심폐소생술을 멈추어달라고 했다. 20분 뒤 선우 아빠가 도착했지만 선우는 그렇게 우리 곁을 떠났다.

아이들이 암에 걸려 죽어가기도 살아 가기도 한다. 함께 하루하루를 보내는 보호자의 고통도 상상 이상이다. 보호자가 일주일간 먹지도 자지도 못해 응급실로 실려 가기도 하고 발을 동동 구르며 우리 아이 어떻게 좀 해달라고 울부짖기도 한다. 모두가 아파하는 곳이다. 이곳을 지키는 간호사도 그들의 고통을 공감하고 버텨내는 중이다. 아이들의 삶과 죽음을 지키며 내가 도울 수 있는 역할을 찾으며. 2005년, 나는 소아암 병동에서 간호를 시작했다. 2022년 수간호사로 소아암 병동에 돌아왔다. 매년 10여 명의 아이들과 영원한 이별을 하며 가슴 아파하는 간호사들을 보니 신입 시절 내가 떠올랐다. 덩치는 컸지만 아이 같았던 중학교 2학년의 환자가 중환자실에서 사망했다는 소식은 한동안 내 가족이 떠난 것처럼 슬펐다. 갑자기 내가 일하는 곳이 무섭다고도 느껴지며 출근하고 싶지 않았다. 이제는 그런 마음을 똑같이 느끼며 힘들어하는 간호사들에게 말해주고 싶다. 최선을 다했고, 아이들의 손을 끝까지 놓지 않고 함께 공감하며 도와주어 정말 감사하다고 말이다. 그리고 그런 간호사들의 마음은 시스템적으로 보살피고자 한다. 죽어가는 아동과 부모를 돕는 것은 힘겹고 어려운 일이나, 그들과 함께한 가장 가치 있는 여정에서 간호의 의미를 찾을 수 있도록 말이다. 지금도 끼니를 거르며 아이들 곁에서 애쓰는 간호사들에게 사랑한다 전하고 싶다.

사람이 온다는 건

[격리병동 간호사들의 에세이 모음집_우리들의 반짝이는 500일 中]

"제가 가보겠습니다." OO호실 콜벨이 울렸다는 메시지에 대한 우리의 답이다. 레벨 D라는 방호복을 입고 격리병동에 근무한 지 9개월이 지나간다. 2020년 10월 단풍이 물들어가는 계절, 환자를 만난 건 깊고 어두운 가을 밤이었다. 체격은 성인이지만 고등학생 같은 앳된 생김새의 환자였다. 요즘 세대 친구들과 다를 바 없이 귀에는 블루투스 이어폰을 끼고 유튜브 동영상을 시청하며 재미난 듯 낄낄거리며 웃고 있었다. 밤낮이 바뀌었는지 도통 잠에 들기 힘들다는 환자는 자신의 시간을 방해라도 받았다는 듯 나를 귀찮게 여기는 것 같았다. 눈치 없는 간호사처럼 보였을지 모르지만, 나는 꿋꿋이 대화를 이어갔다. 대학교 1학년이면 전공은 무엇이고, 백혈병은 어떻게 알게 되었는지, 전구 증상은 있었는지, 코로나19로 격리된 이 상황이 어떻게 느껴지는지 등 귀찮을 법도 한 내 질문에 묵묵히 답해주는 환자가 고마웠다.

미술을 전공했던 환자에게 퇴원하기 전 방호복을 입은 간호사 모습을 그려줄 수 있겠냐고 조심스럽게 부탁했다. "선생님, 포즈가 그게 아니고요. 조금만 옆으로 돌아보세요." 나를 모델로 한 그림은 완성되었고 마음 한 켠에선 울림이 느껴졌다. 하루를 무의미하게 보내는 환자에게 하루 계획표를 제안하고, 식사 후 운동시간, 환자가 좋아하는 유튜브 보는 시간, 간호사와의 상담시간, 잠자기 전 반성시간까지, 완성된 계획표를 벽면에 붙이며 계획을 성취하면 환자가 좋아하는 콜라를 사주기로 약속도 했다.

내가 다시 환자를 마주한 건 2021년 4월 25일 아침, 벚꽃이 흩날리는 봄날이었다. 어쩌면 이번이 환자의 마지막 치료가 될지도 모른다는 불길한 예감이 들었다. 심실세동으로 힘든 밤을 보냈다는 인계를 받고, 환자를 호명했고, 부은 눈이 잘 떠지지 않는지 흐리게 뜬 환자의 눈빛은 불안해 보였고, 새벽 내 가슴이 아팠다며 가슴을 가리

켰다. 격리병동에서의 항암치료를 중단하고 병동으로 전
동 결정이 내려졌다. 이곳에서 심정지가 발생하면 가족 그
누구도 임종을 곁에서 지킬 수 없음을 누구보다 잘 알기에
환자에게 현 상황을 설명했다.

"선생님, 저 꼭 돌아가야 되나요? 오늘은 안 아픈데,
항암치료 하고 싶어요. 이게 마지막인 것 저도 알아요. 이
것밖에 없는 것 알고 있다고요." 환자의 몸에 연결되어 있
는 심전도의 파형은 환자의 마음을 대변하는 듯 요동쳤다.
나는 환자의 눈물을 닦아주며 마음을 달랬지만, 환자의 간
절한 마음 또한 알기에 내 눈가도 금세 촉촉해졌다. 더욱
이 후드를 쓴 나는 눈물을 닦을 수가 없어 입술을 깨물고
울음을 참아야 했다. 지금은 몸이 지쳐서 항암치료를 받아
들일 수 없다고, 항암치료를 다시 할 수 있을 정도로 몸이
회복되었을 때 우리 꼭 다시 만나서 치료하자는 기약 없는
약속을 하며 이곳을 떠났다. 이후 환자는 죽음의 문턱을
몇 차례 지나고 잠시 퇴원하여 집에서 가족들과 시간을 보
낸 뒤 재입원하였고, 다시는 가족들을 만날 수 없는 곳으
로 긴 여행을 떠나며 꽃다운 청춘의 삶을 마감했다.

　　이곳은 '사람이 온다는 건 실은 어마어마한 일이다'
라는 시의 구절처럼 환자를 간호하는 것 자체로 그 환자의
일생이 내게 오는 것임을 절실히 느끼는 곳이다. 참 아프
고 힘들었던 2021년의 봄이었을 그에게, 이제는 평안한 그
곳에서 그대의 봄날을 맞이하기를 소망을 담아 마음으로
전해본다.

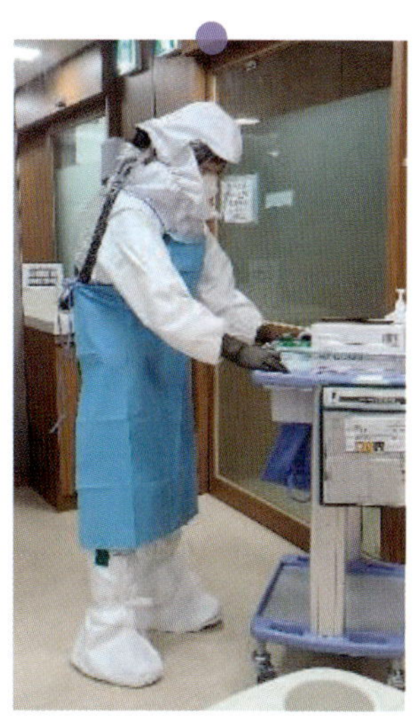

이래서 나, 여전히 여기에

심장판막 수술 전 검사를 마치고 퇴원하는 날.

입원기간 중 직접 그린 그림을 건네주시며

따뜻하다고 하셨다.

불안했고,

긴장했고,

우려했으나

따뜻했다고...

나의 인사가,

나의 미소가,

나의 말 한 마디가

따뜻했다고...

그 말에 내 맘도 따뜻해졌다.

이래서 나 여전히 여기에 있는가 보다.

간호의 시너지

긍정의 힘, 간호의 위대함

새벽공기를 뚫고 출근하니 그날 병동은 유독 분주했다. 먼저 출근해서 환자 파악을 하고 있는 후배한테 전해 들으니 밤에 그 환자의 아들들이 다녀갔다고 한다. 한밤중에 교수님을 나오라고 소리 치고, 보안관리팀도 다녀가고 한바탕 난리였다고 했다. 데이 근무 담당 간호사였던 나는 환자와 보호자 얼굴을 어떻게 봐야 할지 막막하였다.

그 환자는 요도까지 전이된 방광암으로 전방광절제술을 하였고 퇴원 후 2달 만에 회음부 염증과 누공이 발견되어 이번에 재입원을 했었다. 입원하여 3달 동안 여러 치료방법을 시행하였지만 회음부 상처는 조금도 나아지지 않았고 요도와 항문 사이 누공으로 치료적 금식을 오래하였다. 전신쇠약으로 낙상하여 갈비뼈가 골절되는 일도 있었다. 결국 누공으로 대변이 지속적으로 새서 회복되지 않으니 장루를 만드는 수술이 결정되었다. 의료진도 심사숙고 끝내 내린 결정이었다. 수술 후 병동으로 올라온 환자는 호흡부전이와 기관 삽관을 다시 하고 중환자실로 내려갔다. 그날 밤, 장성한 아들들이 상기된 채 병동에서 교수님을 찾았던 이유다.

수술 후에도 상처 회복은 느렸고 환자와 보호자는 계획하지 않은 긴 입원으로 점점 지쳐가고 희망을 잃어가는 것 같았다. 묻는 말에 대답을 하지 않거나 '죽어야지'라는 표현을 하는 등 우울과 무기력한 모습을 보였다. 어느 날 환자가 나지막하게 "휠체어 타고 싶어."라는 이야기하는 것을 들었다. 이에 보호자는 절대 안된다며 손사래를 쳤고, 나는 "다리에 힘 조금 생기면 그때 휠체어 타고 나가요."라고 소소한 위로를 했다. 그렇게 병실을 문을 닫고 나오는데 어두웠던 환자의 병실과 달리 복도는 환하였다. 답답했던 공기가 탁 트이는 기분이었다. 순간 평소 말도 않던 환자가 나에게 휠체어를 요청할 때 어떤 마음이었을지 고민해보게 되었고 '몇 달째 병실 안에만 있는 환자가 얼마나 답답할까?'하는 생각이 들었다. 안타까움이 밀려왔다. 환자에게 꼭 휠체어를 태워서 병실 밖을 보여 드려야겠다는 다짐과 더 나아가 환자가 건강하게 걸어서 퇴원했으면 하는 생각이 들었다.

그 후로 나는 환자가 건강하게 걸어서 퇴원하는 것을 목표로 보행 연습을 시작하고, 이후 상처회복을 위한 좌욕, 구강섭취로의 이행을 위한 연하 재활의 종합적 간호 계획을 환자와 함께 세우고, 보호자, 팀 간호사, 의사, 수간호사와 공유하였다. 실제 환자에게 조기재활 프로그램을 적용한 결과 점차적으로 근력을 회복하여 일주일 만에 보행 보조기를 이용하여 병실 문 앞까지 걸을 수 있게 되었다. 계획했던 목표가 성취되자 환자는 자발적으로 재활운동을 함께하자고 담당 간호사에게 요청하기 시작했다. 담당 간호사가 바쁠 땐 보호자가, 또 담당의도 재활 프로그램에 관심을 가지고 재활 운동에 동참하였다. 환자, 보호자, 간호사, 의사 모두가 한마음 한 뜻이 되었다. 2주도 채 안되었을 때 환자는 병실 밖으로 나와 복도를 걸을 정도가 되었다. 근무를 하던 나를 환자가 보고는 "간호사님. 저 이만큼 걸었어요."라고 자랑하였다. 병실 안에만 갇혀 어두웠던 환자의 세상이, 점점 밝은 복도, 병원 밖으로 넓어지고 있었다. 끝이 없는 긴 터널 같던 6개월의 입원기간을 마치고 환자는 스스로 걸어서 병실을 떠날 수 있었다. 감사한 마음을 전하며 환하게 웃으며 퇴원하는 환자의 모습은 나를 비롯한 동료 간호사들도 보람과 긍지를 느낄 수 있는 좋은 경험이 되었다.

환자의 '휠체어가 타고 싶다'는 간절한 소망을, 할 수 있다는 긍정의 힘과 모든 의료진의 노력으로 이루어 드릴 수 있어 행복하고 뿌듯했다. 우리 간호사의 간호는 정말 위대하다.

긴박했던 그 날의 우리는

병동에서 근무하다 보면 많은 환자를 만나지만, 어떤 순간들은 시간이 지나도 선명하게 남는다. 그날도 바쁜 이브닝 근무 중이었고, 갑상선암으로 수술을 받은 환자가 회복을 마치고 병동으로 올라온다는 연락을 받아 보호자님께 안내했다. 얼마 후, 도착한 환자의 환자복과 이송 침대 시트에는 붉은 얼룩이 번져 있었다. 순간 가슴이 철렁했지만, 당황한 기색을 보일 순 없었다. "환자분, 배액관 주위에서 약간 출혈이 있어서 담당 선생님께 바로 보고드렸어요. 곧 확인해 주실 거예요. 괜찮으세요?" 차분하게 설명 후 환자 상태를 살폈다. 출혈 부위를 소독하고 모래주머니를 적용하며 경과를 지켜보는 동안, 담당 의가 도착해 환자 상태를 면밀히 평가했다. 봉합을 시도하려 했지만, 부종이 심해 담당 교수님께서 직접 환자를 진찰한 후 지혈술이 필요하다는 판단을 내렸다. 보호자님께 수술실에서 추가 처치를 진행할 예정이라고 설명해 드리며, 걱정스러운 눈빛을 마주했다. "괜찮아요." 환자는 힘들어 보이면서도 담담하게 말했다. 하지만 나는 작은 변화라도 놓치지 않으려 환자의 산소포화도를 주의 깊게 확인했다. 다행히 안정적이었다.

담당의와 함께 환자를 수술실로 이송하기 위해 엘리베이터 앞에 도착한 순간, 환자가 갑자기 팔을 휘저으며 얼굴이 창백해져 불안한 눈빛으로 나를 바라보았다. "환자분, 괜찮으세요?" 그 순간, 환자가 거칠게 숨을 몰아 쉬며 손을 떨었다. 손으로 목을 가리키며 필사적으로 무언가를 말하려 했다. "선생님, 환자분이 호흡곤란을 호소하십니다!" 담당 의는 긴박한 목소리로 말했다. "수술 부위를 개방해야 할 것 같습니다. 지금 바로 가능할까요?" 하지만 복도에서 처치할 수는 없었다. 나는 곧바로 근처 병동 치료실로 달려가 문을 열며 외쳤다. "선생님! 기도 유지가 어려운 환자분이 계십니다. 치료실을 사용해도 될까요?" 이미 다른 환자의 처치가 진행 중이었지만, 해당 병동 선생님들은 한 치의 망설임 없이 침대를 옮겨 자리를 만들어 주셨다. 환자를 빠르게 들여보내고, 나는 필요한 물품을 요청했다.

"Suture SET와 산소 공급 준비 부탁드립니다. 의료비상팀 호출도 필요합니다!" 긴장감이 감도는 순간, 담당의가 조심스럽게 절개를 시작했다. 환자의 손을 꼭 잡고 있던 병동 선생님이 환자의 손을 조용히 쓰다듬으며 속삭였다. "괜찮아요. 곧 나아지실 거예요."

잠시 후, 환자의 목 안에서 커다란 핏덩어리가 제거되었다. "환자분, 숨이 잘 쉬어지시나요?" 환자는 눈물을 머금고 조용히 고개를 끄덕였다. 그 순간, 모든 의료진이 숨을 돌리며 안도의 한숨을 내쉬었다. 그렇게 환자는 무사히 수술실로 이동했고, 나는 병동으로 돌아와 초조하게 기다리던 보호자에게 조심스레 다가갔다. "보호자님, 환자분은 안전하게 수술실장으로 도착하셨습니다." 그제야 보호자는 긴 숨을 내쉬며 작은 목소리로 말했다. "정말 다행이에요, 도와주셔서 감사합니다." 시간이 흐른 후, 수술이 잘 끝났다는 알림이 울렸다. 보호자에게 다가가 말했다. "환자분은 회복실로 이동하여 회복 후 병동으로 올라올 예정입니다. 올라오시면 잘 보살펴 드리겠습니다."

간호사로서 나는 많은 환자를 만나고, 수많은 응급 상황을 경험한다. 하지만 그 속에서 잊을 수 없는 순간은, 환자가 다시 깊은 숨을 내쉬고, 보호자의 안도하는 얼굴을 마주하는 그때다. 이 일을 겪으며 깨달았다. 우리 의료진은 서로의 손을 잡고, 환자의 손을 잡으며 함께 버텨 나가야 한다는 것을. 그리고, 환자의 곁을 지키는 일이야말로 우리가 변함없이 지켜가야 할 가치임을.

행복한 간호사를 꿈꾸며

몇 년 전 병동 워크숍에서 각자의 간호 브랜딩을 논할 때 나는 "나의 간호는 공감(empathy)이다."라고 했었다. 나의 공감이란 상대편(환자, 보호자, 동료 등)에 대한 진심 어린 이해와 배려를 바탕으로 지지해주는 것이었다. 어린이병원 병동간호사인 나에게는 항상 병동의 환자와 보호자, 그리고 함께 하고 있는 동료들이 가장 우선적인 공감의 대상이었고, 공감을 통해 모두 함께 행복하게 치료받고 회복하며 살아가는 것이 가장 큰 꿈이었다.

나는 2019년에 어린이병원간호팀 환자안전 전담간호사로 직무 변경되어 병동 내 시술 진정 치료 간호 등의 업무를 하던 중, 2023년 6월부터 병동 소아 환자의 혈관 조영실 시술 진정 치료에 참여하게 되었다. 병동 내 시술 진정 치료는 나에게 익숙한 병동 공간과 동료들이 함께 하는 과정이었으나 혈관조영실은 '검사실'이라는 너무 낯설고 익숙하지 않은 환경과 전혀 알지 못하는 많은 검사실 선생님들과 협업해야 하는 곳이었다. 입사 16년 차 간호사인 내가 혈관조영실에서는 마치 신규간호사인 것처럼 느껴졌고 그 공간에서는 모든 것이 너무나 낯설고 당황스러웠다. 그리고 검사실 선생님들은 소아 환자들에게 매우 다정하지만 다양한 연령층의 소아 환자들에 대한 진정 치료 중 응급상황 발생에 대한 두려움, 진정 약물 투약 후에도 계속되는 환자의 통제되지 않는 움직임 등 성인 환자와는 다름에 대해서 낯섦이 느껴졌다.

그러던 중 5세 CHARGE 증후군*으로 심장 이식받은

---

* 차지 증후군(CHARGE syndrome): 태아 발달기에 발생한 기형이 여러 장기에서 나타나는 희귀 질환
C: Coloboma and cranial nerve abnormalities-defects of the eyeball (안조직 결손과 뇌 신경 이상-안구 결함)
H: Heart defects (심장 결함)
A: Atresia of the choanae (후비공 폐쇄)
R: Retardation of growth and development (성장 및 발달 지연)
G: Genital and urinary abnormalities (비뇨생식기 이상)
E: Ear abnormalities and hearing loss (귀 이상과 난청)

환자의 중심 정맥관 삽입을 위한 진정 치료 중 많은 객담으로 인해 산소포화도가 60%대까지 감소하는 상황이 발생했다. 혈관 조영실 선생님들과 기도 유지, 흡인을 시행하는 과정에서 시술의는 내경정맥으로의 혈관 접근이 좋지 않다면서 대퇴정맥으로 빠르게 시술을 전환하여, 환자의 어려운 중심 정맥관 삽입이 완료되는 상황을 접하게 되었다. 환자 상태 변화로 많은 어려움이 있는 사례에서도 안전하게 시술이 진행되는 상황을 경험하며 '혈관 조영실'이라는 공간은 나에게 '병동 치료실'과 같은 익숙한 공간이 되었고, 영상의학과 교수를 포함하여 방사선사, 간호사, '검사실 선생님들'은 '동료'임을 느끼게 되었다. 환자의 상태 변화를 감지하고 필요한 물품들을 전달받아 기도 유지, 흡인 등을 수행하면서 내가 하나하나 요구하지 않았으나 내 손 안에 들어오던 물품들은 병동에서의 응급상황 시와 동일하다는 사실을 깨닫게 되었다. 이후에도 생후 49일된 소아환자의 중심 정맥관 삽입 완료 후 봉합하던 중 발생한 심폐소생술에서도 담당의가 백마스크 환기를, 내가 가슴 압박을 하고 있을 때 심폐소생술 방송과 소아의료 비상팀 호출, 흡인을 시행해주고 기록을 맡아주는 역할 수행과 더불어 혈관조영실 내에서 상주하던 마취통증의학과 의사까지 협업할 수 있도록 조정해주는 상황도 겪게 되었다. 이러한 경험들을 통해 검사실 선생님들이 환자를 위해서, 환자를 중심으로 함께 하는 동료로 인식할 수 있는 계기가 되었다. 또한 검사실 선생님들은 소아 환자를 접할 기회가 적어 막연한 어려움을 느끼고 있음을 깨닫고 소아에 대한 경험이 많은 내가 다양한 연령층의, 다양한 장애와 질병 과정 속에 있는 소아환자의 정보 공유를 할 수 있겠다는 생각이 들었다. 또한 혈관조영실 대기실에서 '대변을 보겠다'는 환자에게 기저귀를 갈아주고 돌보아주시는 간호사님, 기관절개관이 있어 목소리가 나오지 않는 환자의 숨소리를 듣고 다가와 "가래 제거해 드릴까요?"하는 모습을 바라보며 모든 병원 직원은 각자의 업무 환경에서 환자를 중심으로, 환자를 위해서 애쓰고 있구나 하는 생각이 들었다.

앞으로 나는 병동 소아 환자들을 접하게 되는 모든 직원에게 소아 환자에 대한 공감을 넘어 '환아의 미래를 간호하는 어린이병원간호팀'이 추구하는 work way의 "모두가 행복한 어린이병원간호팀, 행복은 전염된다."라는 표현대로 공감에서 "연민(compassion), I am here to help"를 나눌 수 있기를 바라본다. 그리고 더 나아가 병원 내 모든 직원이 맡은 업무에서 소아 환자를 접하는 어려움과 낯섦을 넘어 전문성을 바탕으로 최선을 다하고 보람을 느끼며 행복하게 지낼 수 있었으면 한다.

간호의 가치를 높여주는 근거기반실무

여러분은 근거기반실무(EBP)*라는 단어를 들었을 때 어떤 느낌이 드나요?

나는 근거기반실무 활동을 통해 간호사로서 돌봄의 중요성에 대한 '간호의 의미'를 찾을 수 있었고, '간호 가치'를 높여준 경험을 하게 되면서 어떻게 하면 근거기반실무 활동을 통한 긍정경험들을 동료 선생님들에게 키 인플루언서가 되어 지식이나 활동에 도움을 줄 수 있을지 고민하고, 임상 간호현장에서 근거기반실무 문화를 확산할지 고민하고 있다.

---

* 근거기반실무(EBP): 임상간호현장에서 간호사의 의사결정을 돕기 위해 적절한 근거를 검색, 평가하는 체계적 접근법을 활용한 실무

네 번째

나는 근거기반실무 활동을 위해 원내외 교육과정들을 들으면서 기초 단계부터 학습하였고, 그 근거를 실무와 연계시키도록 노력하였다. 많은 원내외 사례를 통해 근거기반실무가 '내가 일하고 있는 임상간호현장을 바꿀 수 있고, 간호 현장을 더욱 더 빛낼 수 있다'는 것을 경험하면서 간호에 대한 자부심을 더 가질 수 있었고, 이 분야에 전문가가 되고 싶어서 꾸준히 학습하였다. 근거기반실무에 대해서 공부하면서 국제간호학술대회에서 포스터 발표하였고, 한국 근거기반간호학회에서는 본원 근거기반실무 적용사례를 구연발표하면서 근거 확산할 수 있는 기회도 가졌다.

첫 번째 근거기반실무 활동으로 시행했던 주제는 '실금 환자 간호중재'였는데, 욕창에 대한 교육은 신입 간호사 때부터 많이 공부하였지만 욕창과 실금은 다르기 때문에 사정부터 중재까지 욕창의 지침으로 간호현장에서 적용하기 제한이 있었다. 그래서 먼저 근거기반실무 활동을 통해 간호사에게 욕창과 실금은 다름을 이해시켰고, 실금에 대해서 간호 사정, 중재, 평가에 대해서 교육하면서 교육자로서 간호사의 역할을 할 수 있었으며, 환자에게는 개별적인 간호 문제에 대해서 접근하여 실금간호중재를 통해 간호사로서 전문성과 자부심을 가지고 간호를 할 수 있었던 첫 사례였다.

두 번째 활동으로 시행했던 주제는 '껌 씹기가 복부 수술환자에게 장 운동 증진에 도움이 될까?'였다. 복부 수술 후 장마비를 예방하고, 장마비가 있는 환자에게 비약물적 간호중재 활동이었다. 복부수술환자에게 근거기반 실무 활동을 통해 껌을 씹을 수 있는 치아가 건강한 환자에게 왜 껌이 효과가 있는지 교육하고, 시간과 방법에 대해서 명확하게 교육하였다. 그리고 환자에게 명확하게 복부 사정과 중재를 위해 신체 사정에 대해서 전문간호사에게 교육을 받았고, 실제 장음을 들으면서 더욱더 성장할 수 있는 시간이었다. 근거기반실무 활동을 통해 "정말 껌을 씹으니 장 운동에 진짜 도움이 돼요, 이렇게 명확하게 알려주니 더 간호사에게 신뢰가 생겨요, 감사해요!"라는 말을 환자에게 들었을 때 간호사로서 자긍심이 더욱 향상되었다.

마지막으로 시행했던 주제는 '소변배양검사 방법의 차이에 따른 오염률의 차이가 있을까?'였다. 주제는 원내에서 병동과 채혈실간 채뇨 방법의 차이가 있어 최선의 근거를 확인하고 환자의 선호도와 간호사의 전문성을 반영하여 활동을 계획하였다. 팀 리더로서 활동은 처음이었는데, EBP 활동을 계획하고 단계에 따라 적용하며 실무 적용과 근거확산까지 책임감을 가지고 했던 활동으로 의미가 있었다.

근거기반실무 활동을 통해 동료 간호사님들과 함께 최선의 근거를 통해 임상간호현장을 바꿀 수 있는 계기가 되었고, 근거기반실무 근거 확산을 통해 자연스럽게 서울아산병원 간호사들에게도 근거기반실무 긍정 문화가 적용되고 있음을 느끼고 있다. 지금까지 열심히 달려온 만큼 앞으로도 동료 간호사들과 함께 근거기반실무 긍정문화 확산이 일어날 수 있도록 지속 노력하겠다.

캄보디아에 전한 건강한 희망

"수진 선생님, 캄보디아에 다녀올 수 있을까요?" 출산 휴가를 마친 후 복귀한 지 얼마 되지 않은 시점에 선천성심장병 센터장님의 갑작스러운 전화 한 통을 받게 되었다. 캄보디아에 의료 취약계층 환자를 본원에서 치료해주기로 하였는데 환자는 팔로사징후라는 선천성 심질환으로 반드시 수술이 필요하고 환자 상태를 고려했을 때 국내로 이동하는 과정에서 발생할 수 있는 응급상황을 대비하기 위해 캄보디아에서부터 본원 의료진이 호송을 수행할 필요가 있었다.

당시 출산 휴가를 끝내고 막 복귀한 터라 집에는 100일이 갓 넘은 딸 아이가 있었다. 그 아이를 놔두고 2박 3일의 일정을 해외로 나가야 하는 것이 쉽지 않은 상황이었다. 하지만 딸을 돌봐 주시는 친정 어머니와 맞벌이하고 있는 남편의 전폭적인 지지가 있었고, 마음 한구석에는 얼굴도 한 번 본 적 없는 캄보디아 소년이 우리 병원에서 성공적으로 수술하고 회복할 수 있기를 기대하는 마음으로 캄보디아 동행을 결심했다.

해당 환아는 열악한 캄보디아 의료 환경상 완전 교정술을 시행 받지는 못하였고, 10살 경 캄보디아 헤브론 병원에서 충남대학교병원의 의료봉사 단원들의 도움으로 고식적 단락수술을 시행 받은 후 합병증으로 뇌농양으로 수술받은 병력이 있었다. 당시 아이는 12살에 체중 22.4 kg로 체중 백분위수 1% 미만의 심각한 저 체중 상태였으며, 산소포화도 68-75%의 저산소증을 보이고 있었다. 또한 이전 고식적 단락 수술을 받은 단락이 좁아진 상태로 비행기를 타고 상공으로 이동하는 동안 저산소성 발작이 나타날 위험이 높아 이에 대한 대비가 필요하였다. 캄보디아 헤브론 병원에 도착하여 확인한 환아 전신 컨디션은 양호하였으나 산소 투여 없이 산소포화도는 60% 후반대로 측정되었다. 또한 심초음파상 폐동맥 판막을 통한 혈류가 감소되어 있어 환자의 컨디션이나 비행기 탑승 후 상공에서의 대기 변화에 따라 저산소성 발작이 악화될 수 있다고 생각하였고, 출발 전 말초정맥관 확보 후 수액 투여 및 산소 적용 계획을 세웠다.

캄보디아에 도착한 직후부터 본원 소아심장과 및 소아심장외과 교수님들과 SNS 단체 채팅방으로 환자 상태와 치료 계획에 대해 적극적으로 의사소통 하였고 미리 산소를 적용하여 산소포화도를 80% 이상으로 높인 후 비행기에 탑승하기로 결정하였다. 하지만 비강 캐뉼라로 산소 3 L/min 적용 상태에서도 산소포화도는 70-75%였고, 전신 혈류량 증가를 위해 수액 투여를 한 차례 시행한 후 비행기에 탑승할 수 있었다. 무사히 이륙 후 지금도 생각하면 등에 식은땀이 흐르는 것 같은 순간이 찾아왔다. 환자가 소변을 본 후 심박수가 상승하면서 산소포화도가 무려 49%까지 저하되어 산소 마스크로 변경하고 산소를 기내 최대 용량까지 올려주었다. 또한 생리식염수 투여, 슬흉위(체혈관 저항을 높여 정맥 환류를 감소시키기 위한 자세로 동맥압이 높아지면 우심실에서 나가는 피의 양이 상대적으로 증가하여 폐 혈류량이 높아져 청색증이 완화됨)를 시행하며 산소포화도 70-80%로 회복할 수 있었고, 이후 환자는 안정적으로 수면을 취하며 한국에 잘 도착하였다. 이륙한 뒤에 발생한 저산소성 발작으로 아찔한 순간이 있었지만 제한된 자원 내에서 저산소성 발작에 대한 대처방법을 알고, 협업하여 안전하게 도착할 수 있음에 감사했다. 또한 간호사로서 값진 경험과 서울아산병원의 전문 지원 인력으로서 자긍심도 느끼게 되었다.

나의 역할은 우리 사회의 미래인 아이들을 열심히 간호하고, 전문가의 시선으로 도움을 주는 것이다. 그래서 아이들이 성공적으로 치료받고, 성장하고, 나아가서는 이 사회의 일원이 되도록 지원하는 것이 내가 가진 간호사로서의 사명이고 기쁨이 아닐까 하는 생각을 한다. 특별한 심장을 지닌 우리 아이들을 간호할 수 있음에, 그래서 이제는 감사하다. 건강하게 캄보디아로 돌아간 환아가 캄보디아의 건강한 사회의 일원이 되어 힘차게 살아가길 소망한다.

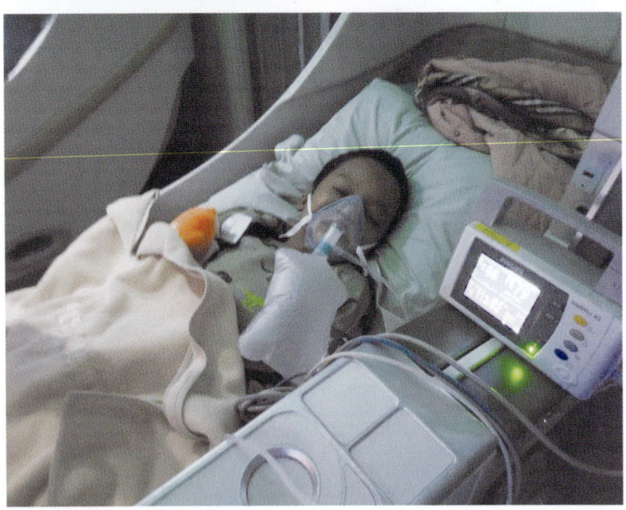

임종 간호, 마지막을 함께하는
우리의 자세

우리는 어떻게 임종 간호에 임하고 있을까? 임종 간호를 돌아보는 시간을 가지길 바라며 이야기를 나누고자 한다.

OOO님은 방광암 진단 후 항암 및 방사선 치료 시행하였지만, 방광암 악화 및 직장·골반·천골·간의 전이 소견 확인, 이로 인한 결장 폐색에 대해 장루수술을 받았으며 반복적으로 경피적 신루(PCN) 교체술을 받으며 지냈으나 상태가 악화되어 연명의료계획서를 작성하게 되었다.

나는 출근하여 환자 상태를 파악했다. 환자의 의식 수준은 무반응이었고, 산소마스크로 15 L/min 적용 중이었다. 혈압이 56/39 mmHg로 임종이 임박함을 알 수 있었다. 나는 환자를 방문했다. 지속적으로 마약성 진통제 투약 후 환자는 비교적 편안해 보였다. "안녕하세요. 환자분 상태를 확인하고 와봤어요. 지금 대화 괜찮으실까요?" 보호자님은 눈물을 닦으며 괜찮다고 했다. "환자분이 완화수행지수라는 척도인 의식의 변화 및 호흡곤란 악화 등의 증상에 따라 생의 마무리 단계에 접어든 것 같아요. 산소도 최대용량으로 드리고 있고 지속적으로 진통제도 주입하며 환자분은 전보다 편안하신 표정인 것 같습니다. 보호자님이 계속 옆에 있어 주셔서 든든하실 겁니다."라고 말을 건네었다. 보호자는 "그럴까요? 그 말을 들으니 좀 낫지만, 너무 마음 아프고 속상해요. 끅끅거리는 숨소리와 가래 소리도 나서 힘든 것 같고.."라고 말했다. 나는 "그르렁거리는 가래 소리는 사전천명이라고 불리는 것인데 이는 구개 반사 저하로 기관지 분비물이 축적되고 호흡기 근육의 약화로 인해 나는 소리이며, 끅끅거리며 몰아 쉬는 듯한 호흡은 체인스톡 호흡이라는 임종기 호흡인데, 이들은 임종기에 아주 자연스러운 증상이며 환자가 고통을 느끼지 않습니다."라고 설명했다.

"보호자분이 최선을 다해 돌봐 주셔서 환자분 마음
이 따듯할 거예요. 많이 놀라셨죠? 저 또한 이런 대화를
나누게 되어 안타깝게 생각합니다. 지금 의식이 없어 보
여도 오감 중에 청각은 가장 마지막으로 소실되고 심장이
멈춘 후에도 몇 분간 살아있는 감각이에요. 하고 싶은 말
씀 나누어 의미 있게 시간을 보내 볼까요? 좋아했던 음악
을 들려주시는 것도 좋고요." 보호자는 부종이 있는 상태
로 임종하면 환자가 고통스러울까봐 불안하다며 다리 마
사지를 했다. 그 마지막 노력의 장면이 지금도 잊히지 않
는다. 나는 이를 부정하기보다는 함께 다리 마사지를 하며
보호자의 감정에 초점을 맞춰 수용해드렸다.

당일 오후 환자는 심장 무수축 상태가 되었고 사망
선언이 이루어졌다. 사후 시간은 존중 받아야하기 때문에,
인사를 나눈 뒤 마음의 준비가 되시면 사후 간호를 제공해
드리겠다고 했다. 보호자가 인사를 마쳤다 하여 나는 배액
관 및 주사 등을 정리할 텐데 원하시면 옆에 계셔도 되고
힘들면 밖에 계셔도 된다고 했다. 일방적인 통보가 아닌
선택과 존중을 표했다. 보호자는 옆에 있는 것을 선택했
다. 나는 프라이버시 존중을 위해 문을 닫고 처치를 했다.

적혈구의 파괴로 피부 변색이 오기 때문에 머리를 베개에 고여주는 것(사후 시반), 몸이 굳어져 손바닥을 밑으로 하고 가지런히 두는 것과 턱밑에 시트를 고여주는 것(사후 강직) 등의 이유를 설명하며 사후 간호를 해드리니 보호자 님이 너무 고맙다고 마음이 놓인다고 했다. "여태까지 최선을 다한 모습 너무 존경스러웠고 환자분도 덕분에 편안히 좋은 곳으로 가셨을 거예요. 보호자님 건강도 꼭 챙기시고 식사도 잘 챙겨 드시기로 약속해요." 보호자는 "그래도 선생님이 이 순간에 계셔서 너무 다행이에요. 감사했어요. 노윤희 선생님 잊지 못할 거예요."라고 말했다. 내가 건넨 새끼손가락에 약속을 걸어주고 복사도 하자고 말하던 보호자의 말에 나는 미소를 지을 수 있었다.

종양내과 병동에서 다년간 일하며 수많은 임종 환자 간호를 시행했다. 이때 내가 중요하게 생각하는 것은, 첫째 인본주의와 총체주의, 둘째 주 보호자에 대한 간호, 셋째 근거 기반 간호이다. 나는 마지막 순간까지 환자와 보호자를 존중하며 신체적·심리적·사회적·영적으로 총체적전인 간호를 실현하고자 노력해왔다. 환자가 의식이 없더라도 존중하고, 그간 긴 간병으로 지친 보호자를 함께 돌

   네 번째

봐 드리는 것이 임종 간호의 꽃이 아닐까? 또한 임종 간호
도 근거 기반으로 수행해야 보호자와 환자의 안위 증진에
도움이 됨을 놓치지 않기를 바란다. 마지막 순간을 함께하
는 것이 힘들다고 느낄 수 있지만, 사실은 정말 무엇과도
바꿀 수 없는 값진 시간임을 겪어본 사람은 알 것이다. 누
군가의 마지막을 함께하며, 삶의 마무리를 도와드리고, 여
생의 완성을 돕는 임종 간호. 단순히 마지막 작별 인사가
아님을 말이다. 죽음이란 삶의 완성이요, 또 다른 시작임
을 느낀다. 환자뿐 아니라 남은 보호자의 손을 더 잡아주
고, 안아주고, 죄책감과 상실감에 식사를 못하실 수 있으
니 식사 잘하기로 약속하면서 나는 내 간호에 가치를 느끼
며 이를 통해 행복해진다. 보호자의 옅은 미소와 눈물, 그
리고 감사했다는 인사, 환자의 마지막 숨소리는 이 곳에서
내가 책임감을 갖고 보람을 느끼며 다년간 일할 수 있게
한 원동력이다.

코로나19 확진 환아 CT 검사 완수 작전

[잊지 못할 2020년, 격리병동의 100일 기록 中]

2020년 4월 9일, 코로나19 확진 환아가 격리병동으로 전동 온 지 9일째 되는 날이다. 오늘은 확진 환아가 CT 검사를 하는 큰 업무가 있는 날이다. 확진 환아가 CT 검사를 하려면 준비과정부터 종료단계까지 준비와 확인해야 하는 것이 많다. 전일 오후 7시 감염관리실에서 음압 환자 이송 침대 사용법, 이동 동선을, 오후 8시 CT실에서 검사 필요 물품을 전달해 주며, 혈관 확보, 머리 고정 방법, 위치 등을 교육해주었다.

4월 9일 데이 근무로 출근하여 전날 정리해 둔 자료를 다시 살피고, 그날 근무할 간호사 모두 음압 환자 이송 침대 사용 교육을 받고, 오후 3시, 소아과 간호사와 함께

CT 검사 도중 발생할 수 있는 응급상황을 대비하여 소아 심폐소생술 관련 약물 및 기관 내 삽관 물품을 박스에 정리해서 검사실로 가져갈 수 있도록 하였다. 오후 4시, 동선 파악을 위해 이동 경로를 따라 직접 이동하였고, 혹시 검사 시 심폐소생술 발생한다면 이동할 응급중환자실 고도 구역에도 협조를 요청했다. 오후 5시 30분 병실 안에서 담당 간호사는 환아를 음압 환자 이송 침대에 눕힌 후 겉면을 환경소독티슈로 소독 후 전실로 옮겼고, 나를 포함한 소아청소년과 교수, 전공의, 소아과 간호사는 개인보호구(LEVEL D) 착의 후 인계 받아 이동을 시작했다. 보안 요원이 선두로 출발하여 동선 통제를 해주었고 나와 교수님, 소아청소년전문과 전임의 2명, 전공의가 따라갔으며 담당 간호사가 맨 뒤쪽에 위치해서 같이 이동하였다. '참.. 이 환아는 전생에 나라를 구했나 보다. CT 검사하는 데 의료진 6명이 동행해서 검사를 하는구나.'라는 생각이 들었다.

CT실 도착 후 의료진 모두 긴장된 상태로 무사히 검사가 끝나길 기도했고, 다행히도 환아는 한 번에 검사를 끝낼 수 있었다. 모두가 박수를 치며 환호성을 질렀고, 환아에게 다가가 수고했다는 격려를 아끼지 않았다. 병실 복귀 후 나는 병실에서 환아가 CT 검사 후 생길 수 있는 여러 부작용을 관찰하며 저녁 식사를 도우며 투약 간호를 수행하였다. 저녁 9시 숨이 막히고 땀은 비 오듯 흐르는 개인보호구를 탈의 후 병실을 나올 수 있었다. 샤워 후 나는 소독이 끝난 음압 환자 이송 침대를 비롯하여 CT 검사에 사용한 모든 물품을 정리하였다. 최선을 다한 오늘 하루, 기나긴 확진자 CT 검사 담당간호사의 업무가 끝이 났다.

격리병동 오픈 후 의사와 간호사, 조무사, 방사선사, 환경미화원, 이송 직원 등 모두에게 저마다의 무거운 책임이 주어졌다. 무섭고 두려웠지만 의료인이기에 한마음으로 매순간 힘든 과정을 이겨내면서 버틸 수 있었다. 격리병동이 오픈한 지 100일. 낯선 현실은 마냥 두려웠던 개인보호구(Level D)가 나를 지켜주는 든든한 방패처럼 느껴질 만큼 자연스러운 일상이 되었고, 선제 격리하는 환자들을 간호하는 것에 대한 두려움이 없어졌고, 오히려 격리병동에서 일반병동으로 전동 가는 환자를 담당하게 되는 두려움을 느낄 전동 부서 간호사에게 문제없다는 격려를 할 정도였다.

　누군가는 해야 하지만 누구나 할 수 없는, 확진자를 보는 격리병동 간호사여서 할 수 있는, 또한 해야만 하는 간호. 지금 현상황에서는 '견뎌내자'는 동료들의 위로를 받으며 오늘 하루 근무도 끝이 난다.

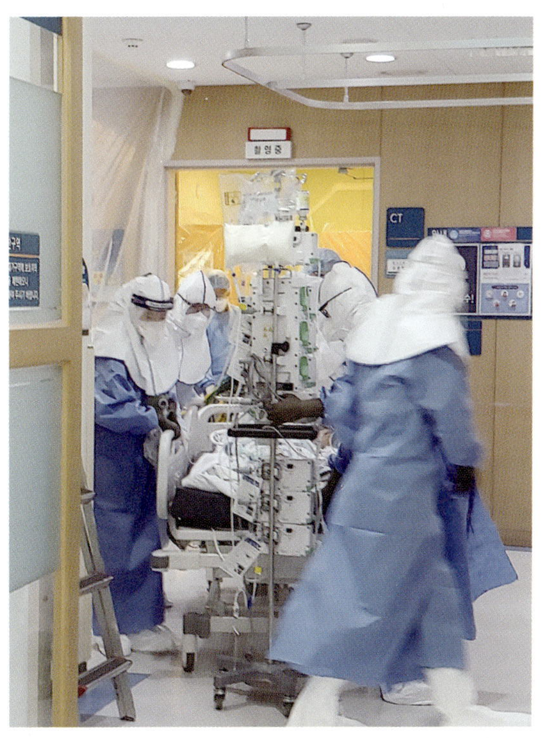

20년 시간 위에 쌓은 간호 기록

서울아산병원에 2003년 4월 1일 입사, 하필 만우절이 입사일이라고 동기들끼리 키득키득 웃었던 것이 생각난다. 이후 2023년 4월 1일, 바로 얼마 전에 나는 서울아산병원에 간호사로 입사한 지 딱! 20년이 되었다. 그동안 서울아산병원에서 수많은 일들을 겪었고, 간호사로서 기쁘기도, 슬프기도, 어쩔 수 없는 상황에 대해 화가 나기도, 무언가 해결되는 상황에 대한 즐거움과 안도감을 느꼈던,

그야말로 희로애락(喜怒哀樂)이 모두 공존했던 20년의 세월이었다.

나에게는 나이 차이가 많이 나는 시동생이 있다.
말 그대로 남편의 동생!

하도 어릴 적부터 봐와서 방학이면 같이 놀이공원에 놀러가고, 어린이날이나 생일에 꼬박꼬박 선물도 사주었고, 내가 결혼 전에 남자친구와 같이 그 동생을 데리고 셋이 나가면, '어린 녀석들이 사고 쳐서 일찍 애를 낳았구먼'이라는 소리를 몇 번씩 듣기도 하였던 동생이다.

학교에서 직업 탐방에 대한 숙제가 있는데 좀 도와줄 수 있는지를 물어 내가 하고 있는, 알고 있는 우리 병원 간호사의 모든 것들을 정리해서 알려주었던 적이 있었다.

그 때 동생은 '간호사라는 직업이 참 좋구나'라고 느꼈다고 한다. 그래서 결국 대학 진학 시 간호학과를 선택했고, 4년간 열심히 공부하고 잘 준비하여 2023년 3월에 우리 병원의 신규 간호사로 입사했다.

그 때 기분이 참 묘했다. 나를 보고 우리 병원에 왔다니! 내가 표현한 서울아산병원 간호사의 모습에 매력을 느끼고 나를 롤 모델 삼아 나와 같은 길을 걷게 된 누군가가 있다는 것이 참 뭉클하고 신기했다. 시동생은 병동에 잘 적응하여 어엿한 서울아산병원의 간호사로 지내고 있다. 작년 하반기에 나는 결원대체지원팀 소속으로 근무를 하게 되어 시동생이 근무하고 있는 병동에도 몇 번 지원을 갔던 적이 있는데, 병원에서 서로 각자의 근무복을 입고 간호사로서 대면하니 너무 반갑고, 기특했다.

그 병동에서는 이미 나와 시동생의 관계를 알아서 많은 간호사분들이 "OOO간호사의 형수님이시죠?"라며 특별히 더 반갑게 맞아 주셨다. 시동생 덕에 아주 즐겁고 유쾌하게 근무를 했다.

시동생과 종종 만나거나 연락을 할 때, 앞으로도 쭉 오래 우리 병원에서 함께 일하자고 서로 자주 이야기를 나누고는 한다. 그리고 의학용어를 설명 없이 사용해도, 병원 환경을 굳이 상세하게 설명하지 않아도 대화가 척척 가능한 가족이 생겨서 사실 더 좋다.

20년 넘게 우리 병원의 간호사로 지내며 솔직히 모두 다 좋았던 것은 아니지만, 그래도 나는 좋았던 기억들이 더 많다. 좋은 선배와 동기, 후배를 만났고, 나의 멘토도 만났다. 20대의 젊음으로 새로운 것에 적응하던 시절,

네 번째

30대의 패기 넘치는 시절을 지나 40대의 좀 더 노련하고 전문적인 간호사의 삶을 보내는 지금, 나는 간호사로서 행복하고, 어떻게 하면 더 잘하고 재미있게 할 수 있을까 고민하는 중이다. 작년부터 나는 새로 생긴 결원대체지원팀에서 근무하고 있다. 매일 새로운 부서에 가서 지원을 하고 있는 요즈음, 계속해서 적응하고 업무를 잘 수행하기 위해 부단히 노력하고 있다. 새로 시작한 일인 만큼, 팀에 맞는 정체성을 확립하고 또 다른 나_간호사의 길을 가며 나의 계속되는 길을 만들어가고 싶다.

나의 서울아산병원에서의 20년은 이렇게 흘러갔고, 서울아산병원에 나는 간호사로의 과거를 두었다.

이러한 나의 의미 있는 과거로 인해 현재의 행복한 내가 되어가고 있고, 또한 찬란한 미래를 맞을 수 있는 내가 될 수 있으리라 믿는다.

감염의 시대,
혈액암 환자 간호 이야기

혈액내과에서 일하는 것은 파워 F인 나에게는 힘든 일이다. 반응이 없을 가능성이 높지만 항암제를 투여해야 하는 젊은 환자에게 동의서를 받을 때마다 눈물이 뚝뚝 떨어지고, 늘 말없이 간호하던 환자의 딸이 연명의료계획서(POLST)를 받고 나서야 "엄마가 너무너무 살고 싶어 하세요." 눈시울을 붉히며 터지듯이 뱉은 한마디에 내내 가슴이 아린다. 간호 이야기라 하면 자연스럽게 먼저 이런 환자 한 분 한 분의 감동 사연, 수기를 떠올리기 쉽지만 혈액암 환자 간호 이야기는 장르가 완전 다른, 감염과 싸우는 다이내믹 스펙터클 액션이다.

바야흐로 감염의 시대가 아닐 수 없다. 코로나19 팬데믹 이전에도 우리는 다제내성균과 호흡기 감염과 싸워 왔다. 그럼에도 불구하고 면역력이 너무 낮은, 위태위태한 환자들이 많아 코로나19 감염과 전파로 병원에서 가장 먼저 고난을 겪어야 했던 우리이고, 다제내성균의 발생으로 집중관리를 받기도 한다. 하지만 우리는 면역 저하 환자의 간호도, 이런 환자와 감염의 콜라보로 때때로 발생하는 유행 상황도, 두려워 말고 곧 정신을 차려서 일을 할 수 있도록 훈련되어 왔다. 싸움에서 선수를 쳐야 상대를 제압할 수 있음을 이르는 '선수 필승'이라는 말이 있다. 혈액배양이든, 다제내성균이든, 호흡기 감염이든 선제 격리는 기본이다. 설사가 지속되는 환자는 접촉 주의에 준해서 격리를 시작하고, 호중구가 저하된 환자가 그람 음성균이 자란다는 보고에 바로 선제 격리를 고려한다. 어떤 미생물이 주로 내성을 가지는지, 혈액에서 배양 시간의 경향은 어떤지, 어떤 항생제를 주로 사용하는지 공부하고, 알고 있다. 진단검사의학과도, 감염관리센터도 아닌데 이렇게 균배양검사에 진심이다. 패혈성 쇼크로 순식간에 진행하는 환자를 지키기 위한 노력이며 선제 격리로 전파를 막아 조금이라도 같은 병실의 환자를 지키려는 노력이다.

그러나 선수 필승만이 정답은 아니다. 선제 격리도 잘 이해하고 따라 주시는 환자가 아니라면, 이해가 필요한 부분을 먼저 파악하고 눈높이를 맞추어 설명하는 것이 우선이다. 샤워도, 병동에서 나가는 것도, 보호자 상주도, 안 되는 것도 많고, 지킬 것도 많은 이곳에 한달을 입원해 계시는 것은 쉬운 일이 아니다. 그래서 이해가 필요한 부분을 먼저 살펴 지키실 수 있도록 도와드려야 한다. 반대로, 감염위험성에 대한 인식이 높고 감염 예방을 위한 주의사항을 잘 지키는 환자들은 전장에서 함께하는 우군이 된다. 감염 예방, 전파 예방을 이유로 '안돼요'라고 밖에 할 수 없는 간호사 교육이지만 이행이 중요함을 인식하고 분위기를 조성하며 서로 알려준다. 감염과 싸우는 전장에서 또한 중요한 것이 전략이다. 미국처럼 1인실에서 모두 치료를 받으면 더할 나위 없겠지만, 가지고 있는 병동 병상은 한정적이라 격리환자 발생으로 인한 병상 조정이 필요할 때 어떻게 코호트를 만들고, 전동 보내고, 환자 병실이 이렇게, 저렇게 최대한 변경하여 지침대로 물리적인 격리가 이루어지게 하는 조조 뺨치는 지략가들이 존재한다.

　　패혈증 환자 간호와 같이 갑자기 발생하는 응급상
황은 버겁지만 혈액내과의 숙명 같은 것이다. 의료비상팀
에서도 인정하는 우리들은 무엇이 중요한지 또렷하게 알
고, 응급환자가 발생하면 일사분란하게 맡은 업무를 해내
며, 응급상황이 발생하기 전 환자의 상황과 우리의 간호를
되돌아보고 함께 경험을 나눈다. 리처드 도킨스의 [이기
적 유전자]에서 언급된 모방을 통해 복제되는 문화 요소
인 밈은 간호에도 존재하는데, 혈액암 환자 간호에서 전파
되는 밈은 측은지심만이 아니다. 환자를 위하는 따뜻한 마
음, 그리고 조금은 차가운 머리로 감염, 출혈, 이식 환자 간
호를 정확히 알고, 알고 싶어 하고, 이를 바탕으로 환자에
게 올바른 간호를 정확히 수행하는 것이 혈액암 환자 간호
의 핵심이며 서로에게 전파하고 전수되는 밈이라고 생각
한다. 혈액내과 간호사이지만 감염관리팀, 신속대응팀, 원
무팀, 감염관리센터의 업무도 장착한 우리들은 다이내믹
스펙터클 액션 간호의 어벤져스가 아닐 수 없다. 오늘도
감염과 치열한 전투 중인 선생님들, "Avengers! Assemble"

코로나19와의 1년,
간호사로서의 나의 10년

[격리병동 간호사들의 에세이 모음집_우리들의 반짝이는 500일 中]

처음, 지하철 2호선을 타고 한강을 건너면서 이 거대한 병원을 바라보며 가슴 두근거렸던 신입직원 면접 날의 다짐은 온데간데없고, 매너리즘과 답답한 마음으로 가득 찼던 때. 나의 열정, 아니 그건 너무 과장된 표현이고 좀 더 나에게 생기를 불어넣어 줄 수 있는 어떤 것을 찾고 있던 중 2020년 1월, 원내에서 감염병대응팀을 모집한다는 게시글을 읽었다. 마침 당시 내가 근무하던 174병동은 감염내과 환자를 간호하는 병동이기도 했고, 병동뿐 아닌 어떠한 팀의 팀원이 된다면 나에게 새로운 에너지를 줄 수 있을 것 같았다. 무턱대고 지원서를 썼고, 그렇게 나는 EIDT 팀원이 되었다.

격리병동, 이곳에서 정말 많은 경험을 했다. 가족과 단절되어 '방 한 칸'과 같은 음압병실에서 치료되어 나갈 수 있을까를 걱정하고, 치료되어 나간다고 한들 감염병 환자였고 자신이 타인을 감염시켰다는 낙인이 찍혀 원망의 대상이 될까 걱정하기도 하는 환자, 의식조차 없이 점점 죽음의 문턱에 가까워져 가는 환자, 그 죽음의 과정에서 가족의 따뜻한 손길을 느껴보지 못한 채 외롭게 세상을 떠났던 환자. 하필 그 때, 창 밖으로 보이는 서울의 야경은 왜 이리도 시리게 빛이 나는지. 그 상황이 너무도 대조적이라 가슴이 아파 코끝이 시큰하고 눈물이 맺혀 난감했던 때 등, 일반병동에서 겪지 못한 숱한 상황들이 있었다. 한편으로는 힘든 과정을 견뎌내고 무사히 격리 해제 기준에 부합하여 웃으며 퇴원하는 환자, 아이와 함께 감사하다고 인사하며 퇴원하는 환아와 환자. 너무도 기다리는 가족의 품과 일상으로 복귀하는 환자들의 행복한 표정을 보며 나 역시도 뿌듯하고 행복했으며 다시금 코로나19의 종식을 바랐다.

코로나19와 함께한 지 1년. 간호사로서 보낸 지난 10년간의 시간들을 반추해보았다. '처음'이 주었던 설렘과 무게감을 잊고 있던 지난 시간의 반성과 앞으로의 희망을 생각해 볼 수 있었다. 동료들과 함께 나와 우리의 도움을 필요로 하는 환자를 간호할 때 나의 존재를 느끼기 때문이다. 그래서 동료에게 감사하고 치료해 나아가는 환자에게 감사하다. 혼자만으로는 해낼 수 없는 '환자 간호'를 동료들과 함께 고민하며 이루어가고, 그 과정에서 서로의 믿음과 존중이 생기는 것, 그것을 바탕으로 환자가 신체적, 정신적으로 힘든 시기를 극복해 낼 수 있도록 최선을 다하는 것이라 생각한다. 누군가의 고통의 시기에 도움을 줄 수 있는 존재가 바로 간호사라는 것을 겸손하게 받아들이며, 또한 한편으로는 무한 자부심을 느낀다.

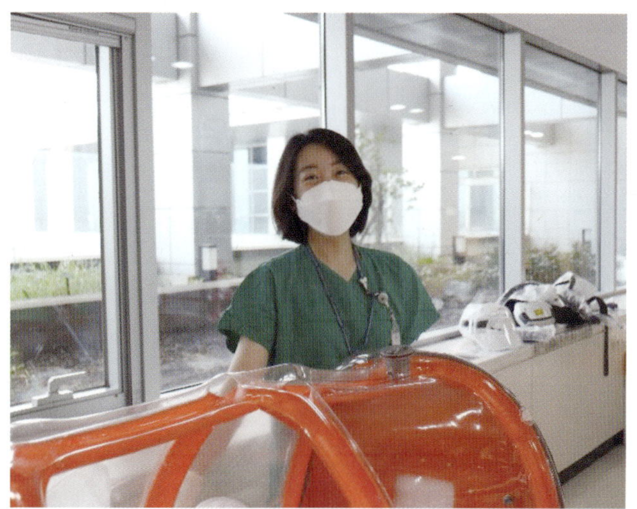

음압 캐리어를 점검 중인 강예정 간호사

행복한 엄마 되어가기

2020년은 코로나19에 의한 글로벌 팬데믹의 초창기였고, 격리 기간 동안 간호했던 신생아와 어머니에 대한 이야기를 하고자 한다.

환아는 선천성 심질환으로 출생하자마자 신생아중환자실에 입원하였고, 생후 4일경 수술 후 중환자실에서 병동으로 전동 되어 퇴원할 계획이었다. 하지만 코로나19 확진자 발생으로 퇴원이 2회 연기되면서 병실에서 격리 중이었던 환아의 어머니는 환아를 돌보지 않고, 잠만 자려 하고 우울감을 표현하는 등 산후 우울증 증세를 보였다. 우리는 환아와 보호자의 안전을 고려하여 간호 계획을 세웠는데, 정신건강의학과 의뢰하여 주기적 상담 및 약물

처방을 받도록 하였고, 담당 간호사가 24시간 병실에 함께 상주하며 환아를 돌봐 주었다. 격리 중에도 아기의 일상을 최대한 유지할 수 있도록 일정한 수면, 식사 및 놀이 시간 등을 유지하면서 안정된 환경을 제공하였고, 이를 위해서는 보호자와 함께 아이를 돌보는 사람들 간의 상호 협력이 중요하였다.

격리 기간 동안 보호자와 아기, 그리고 담당 간호사가 한 병실에서 약 8시간을 함께 보내는 시간은 많은 것을 느끼고 생각하게 하는 시간이었다. 담당 간호사 중 한 명이였던 나는 21주차 임산부였고, 2차 기형아 검사 혈액검사를 마치고 결과를 기다리던 시기였다. 결과를 기다리는 동안 매우 긴장되고 어려운 시간이었고, 불안과 두려움이 컸다. 환아의 어머니 또한 처음 경험하는 모든 일들이 낯설고 힘들고, 부모의 역할이 이렇게 큰 것인지, 내가 부모 역할을 잘못해서 아이에게 좋지 않은 영향을 주면 어떻게 하나 하는 불안하고 초조한 마음이 가득했을 것이었다. 함께 시간을 보내면서 조금씩 라포가 쌓였고 마음속 이야기를 나누게 되었다. 산전부터 아이에게 질환이 있다는 사실을 확인하고 나서 "내가 뭘 잘못했지?", "왜 이런 일이 일어나고 있는 걸까?"와 같은 자책감과 고민이 있었고, 격리 상황까지 겪게 되니 심리적인 불안과 스트레스가 심했다고 표현했다. 나는 이야기를 공감해주고, 앞으로 퇴원 후 어떻게 아기를 돌볼지에 대한 이야기를 나누는 데 집중했다. 다행히 2020년 4월 15일 밝은 모습으로 환아와 보호자는 퇴원할 수 있었다.

정신건강의학과 교수님께서 직접 찾아오셔서, "임신 중임에도 불구하고 어머니와 아기가 안전하게 퇴원할 수 있도록 수고 해주셔서 감사하다."라고 자필 서명과 함께 직접 집필한 책 「육아 상담소 발달」을 선물해 주셨다. 나는 이후 조산으로 아이가 2주간의 신생아중환자실에 입원하는 경험을 하게 되었는데, 신생아중환자실에서 퇴원 후 2주 만에 처음 아이를 안았을 때 느꼈던 감정과 마음을 뭐라 표현할 수가 없었다. 2020년 4월에 만났던 그 보호자도 나만큼이나 아니 나보다 훨씬 더 격동의 시간을 겪으며 많이 힘들었겠구나 하는 생각이 또 한 번 들었다.

약 4년이 다 되어 가는 지금까지도 2020년 코로나19 팬데믹이 시작되던 시기로 많은 의료진들이 힘들게 일하던 그때가 이따금씩 생각이 난다. 특히 간호사들은 환자들과의 직접적인 접촉이 높아 위험이 크다는 점에서 항상 많은 도전에 직면하고 있었지만, 서로 협력하여 환자의 치료와 관리에 최선을 다해 어려운 상황의 시기를 잘 지나갔던 것 같다. 현재는 병동이 아닌 외래에서 근무하고 있지만, 이곳에서 소아 환자들을 꾸준히 만나며 아이들의 건강과 웃음을 위해 헌신하는 소아과 간호사로서 보람과 자부심을 느끼기 위해 그때의 경험을 떠올리며 오늘도 열심히 환자들을 만나고 있다.

외래 간호사 성장 스토리

2021년 외래간호팀으로 이동하여 팀장, 수간호사와 외래 간호와 외래 간호사의 업무 능력 향상에 대한 고민과 성찰을 하였고, 외래 간호사들의 '외래에는 간호가 없다' 또는 '외래 간호가 뭔지 잘 모르겠다'는 생각을 전환시키고 스스로 간호의 의미를 찾을 수 있도록 [외래간호이야기 나누기 _ Nursing story of Asan Ambulatory Care] 과정을 개설하게 되었다. 외래간호사들이 이 과정을 쉽게 받아들일 수 있도록 모집 공고 시 자유롭게 이야기를 나눌 수 있는 시간임을 강조하였고, 자율적으로 신청한 14명의 간호사와 함께 하였다.

　　첫 모임 시, 방사선종양학과 외래 간호사가 "하고 싶은 이야기 다 해도 되나요? 저도 병동에서 근무했었기 때문에 병동이 바쁜 것은 알지만 검사준비사항에 대해 매번 비슷한 질문을 해요."라며 외래 간호사로서 잦은 빈도로 반복되는 질문에 대한 응대의 어려움, 이러한 상황에 불평하는 본인과 동료들의 모습 등이 힘들었다며 이야기를 시작하였다. "병동에서 자주 물어보는 질문에 대해 자세히 이야기해 주실래요?", "병동에서 CT simulation 준비 시 접근 가능한 자료는 무엇이 있나요?", "준비가 제대로 되지 않았을 때 어떠한 결과가 발생하나요?", "병동의 준비를 도와주기 위해 우리가 당장 할 수 있는 일은 어떤 것이 있을까요?"와 같은 질문으로 소통하였다.

　　이후 병동에서 활용하는 검사 설명서가 2013년 이후 업로드 되지 않았고 그조차도 병동에서 찾아볼 수 없다는 사실을 발견하고 교육자료를 전체적으로 정리한 후 병동에 공유하여 문의 전화가 감소한 경험을 나누었다. 우리가 외래 간호의 의미와 외래 간호사의 역량 향상에 대해 집중하며 나누었던 첫 사례이고, 이후 우연히 만났을 때 "수간호사님, 저 외래 간호 이야기 참석한 거 너무 좋았습니다.

이후 계기가 되어 질향상 활동도 하게 되었습니다. 너무 감사드려요."라며 감사를 표현하여 뿌듯하였다.

　　다음 모임 시, 호흡기내과 간호사는 주도적으로 의사소통하며 변화를 이끌어낸 이야기를 외래 직원들이 같은 방향으로 나아갈 수 있도록 공유하였으며, 이 경험 이후로 원내 지침 준수 및 환자의 옹호자로서 전문의와 적극적인 소통, 대표 간호사 업무 매뉴얼 제작 및 신입/이동 간호사 교육 강사로 참여, 부서 내 업무 개선 등 해를 거듭할수록 스스로 역할 확대 및 간호의 의미를 찾아 성장하는 외래 간호사들의 모습을 발견하였다. 나 또한 외래 간호사들의 전문성, 탁월성이 향상되는 모습을 보면서 수간호사로서 성장하는 계기가 되었고, 외래 특성과 간호사들의 업무에 대해 더 많이 알고 이해하는 데 도움이 되었다. 우리는 소통을 통해 타 부서에 대한 이해를 하였고, 외래 간호의 주체를 '교수'에서 '나'로, '업무'가 아닌 '간호'로 인식이 변화되었으며, 문제를 발견하였을 때 그 상황을 폭넓게 바라보며 해결방안을 찾고 프로세스로 접근하는 문제 접근방법 및 해결 능력도 함양되는 등 함께 성장하는 시간이 되었다.

미국 외래간호학회에 정의한 전문화된 외래간호사는 '환자 결과를 개선하는 동시에 환자의 안전과 치료의 질을 보장해야 할 책임이 있다'라고 되어 있다. 외래의 바쁜 일상에서 불만이 발생하는 것은 그 상황이 환자 치료 계획이나 결과에 악영향을 미칠 우려에 대한 걱정이었으며, 우리는 이러한 시간들을 통해 프로세스 개선을 하고 바람직한 외래 간호사로서 성장하는 경험을 하게 되었다. 3년간의 외래 간호 이야기 나누기를 통해 외래 간호에 대해 성찰하며, 오늘도 스스로 성장하는 간호사를 보며 순간순간 행복함을 느끼고 있다.

오늘도
간호사
입니다

첫째판 1쇄 인쇄 | 2025년 6월 5일
첫째판 1쇄 발행 | 2025년 6월 16일

지 은 이　서울아산병원 간호부
발 행 인　장주연
출 판 기 획　임경수
책 임 편 집　이연성
편집디자인　주은미
표지디자인　김재욱
마 케 팅　박예진
발 행 처　군자출판사(주)
　　　　　등록 제4-139호(1991. 6. 24)
　　　　　본사 (10881) 파주출판단지 경기도 회동길 338(서패동 474-1)
　　　　　전화 (031) 943-1888 팩스 (031) 955-9545
　　　　　홈페이지 | www.koonja.co.kr

ISBN 979-11-7068-270-7
정가 15,000원